SOLO UN VOLO

Barbara Morgan

ISBN 978-1-915077-82-0

Website: http://www.ghostlywhisper.com

Facebook: https://www.facebook.com/ghostlywhisperltd

Instagram: https://www.instagram.com/ghostlywhisperltd

Twitter: https://twitter.com/GW_BooksEtc

Enchanting Whisper

CAPITOLO 1

È l'alba di un nuovo giorno. Il sole sta per sorgere, finalmente. Sta per fare la sua apparizione, la sua meravigliosa comparsa. Sta per illuminare la Terra e donare luce. Il sole sull'acqua, il sole nell'acqua. Il sole sorge piano piano regalando riflessi d'oro al mare, al lago, al fiume, a ogni corso d'acqua. È finalmente luce, luce ovunque. Luce intensa e reale, così reale. E viva.

È l'alba di un nuovo giorno. Tutto cambia, tutto muta. La notte si allontana, lotta ancora un po', ancora un po' per rimanere al suo posto, per resistere alla luce... ma poi rassegnata svanisce, abbandona il campo, lascia spazio al giorno. Una splendida mattinata e l'aurora è già lì. Pronta, all'erta. Colori tenui, tinte pastello. Ricordi, ancora vividi, di un mondo fatato.

È l'alba di un nuovo giorno. Quasi una benedizione che, nonostante tutto, un nuovo giorno sia ricominciato. Una benedizione che il sole, nonostante tutto, conceda all'umanità intera la sua luce.

Il sole sull'acqua sta emergendo piano. Il sole emerge ora dal mare. Eccolo che spunta e si innalza. Il grande e luminoso astro ora illumina e riscalda tutto ciò che tocca, che accarezza, che bacia. E l'esistenza sembra ancora meravigliosa.

Quanta luce! Troppa luce... La città si risveglia. Inizia piano, sbadigliando e lamentandosi ma poi riprende la sua corsa verso una nuova giornata, una nuova sfida. Non c'è più nulla da temere, ormai. La notte dorme, tutto avviene nell'atmosfera luminosa e vibrante di colori. Tutto è finalmente chiaro, puro, limpido. Niente più oscurità e misteri.

Chiaro, puro, limpido... Davvero?

CAPITOLO 2

È ora di alzarsi. Il piccolo strizza gli occhi e sbadiglia. Un nuovo giorno, anche per lui. Tutto normale, comunque, nessuna novità. Niente di entusiasmante, neanche per lui. Sorride. È facile per lui sorridere. Ed è bello. Sorridere appena si aprono gli occhi al mattino e continuare, persistere per tutto il resto della giornata.

Ma poi... le sue mani. Ancora le stesse. Sempre le stesse. Le sue piccole mani paffute. Forse non è vero, forse c'è uno sbaglio. Non può essere. La verità, a volte, delude e spaventa. Il piccolo si gratta affannosamente la testa, poi trattiene la mano per giocare con un ricciolo biondo. Deve controllare ancora, non è totalmente convinto. Vorrebbe esserne del tutto certo.

«Un bambino... Sono ancora un bambino.»

Una lacrima scivola a bagnare una guancia rosata.

Certo, nessun cambiamento. Le sue mani sono ancora le mani di un bambino. Lui non è cresciuto.

«Nemmeno un pochino...» si lamenta ora. «Nemmeno un minimo... progresso.»

Niente. Nulla.

«Non è proprio giusto...» Ecco, adesso comincia a innervosirsi davvero.

Come dargli torto, il suo impegno non è stato premiato, i suoi sforzi sono stati inutili. Credeva di aver svolto un buon lavoro. Ci avrebbe scommesso che presto la dovuta ricompensa sarebbe arrivata. E invece...

Perché impegnarsi tanto? A quale scopo? Sospira sconsolato, oppresso da un'ingiustizia talmente palese. La tentazione di continuare a lamentarsi è irresistibile. Quasi.

Ma in effetti... Perché mai impegnarsi tanto, se le cose comunque non cambiano? Perché lasciarsi coinvolgere, immergersi, immedesimarsi in situazioni, eventi, emozioni non sue? Realtà che non lo riguardano. Realtà terrene che non gli appartengono neanche da lontano.

No! Il piccolo scuote la testa. Che gli succede? Cosa sta diventando? Il suo impegno, il buon lavoro svolto si stanno trasformando in una merce di scambio? Non più un'opera disinteressata ma un dare per avere. Cosa sta diventando? Forse l'eccessiva frequentazione delle realtà terrene sta producendo una variazione irreversibile sulla sua natura.

Perché lui è...

«Io sono...» sospira chinando leggermente il capo.

Deve tacere. Deve accettare e forse attendere. Forse chiedere consiglio, supplicare aiuto senza mostrarsi troppo impaziente. Offrire senza pretendere. Più tardi, però. Tutto questo più tardi.

Meglio tacere ora. Meglio smettere di preoccuparsi. È solo l'alba in fondo. C'è tutta una giornata di fronte a lui.

Una lunga giornata lo attende prima di tornare al riposo. In una giornata, tante, tante cose possono avvenire. Infinite possibilità. Quindi potrebbe anche accadere...

Ma meglio, molto meglio non pensarci ora. C'è tempo. E poi l'alba è lì, davanti a lui. È bella e radiosa. L'alba lo abbaglia e lo consola. Lo invita e si offre splendida ai suoi occhi.

È una meraviglia, deve ammetterlo. Stupefacente. Antica ma sempre nuova. Quanta luce e poi quei riflessi magici del sole sull'acqua, nell'acqua...

Davvero, meglio tacere... e lasciarsi incantare e avvolgere. Perché l'aurora è già lì, con tutti i suoi fatati ricordi. Non c'è nulla da temere, forse... Tutto è finalmente chiaro, puro, limpido. Così non fosse, almeno appare. Promette bene. L'apparenza è già qualcosa. Apparire può portare a sperare.

CAPITOLO 3

Va tutto bene. Ora è davvero sveglio. Che gli resta da fare se non iniziare il suo lavoro, la sua opera, la sua missione giornaliera?

Manca ancora qualcosa però... una presentazione. Non necessariamente una presentazione ufficiale.

«Io...»

Il piccolo esita. Certo, non è semplice parlare così liberamente di queste cose. È ancora un argomento non facile da affrontare. Troppo scetticismo probabilmente. Però... però non ha alternative. Perché una presentazione è indubbiamente necessaria. E questo è il momento più opportuno.

«Io sono...»

Ancora uno sforzo, il piccolo deve ancora imparare a lasciarsi andare, a sciogliersi. Deve farlo proprio ora, attendere oltre non avrebbe senso.

«Io sono... un...»

La scarsa esperienza gioca a suo sfavore e questo si percepisce chiaramente.

Allora, stiamo tutti aspettando.

«Io sono... un... angelo...»

Finalmente! C'è riuscito! Era solo una parola in fondo. Solo una parola.

«Sono davvero... un angelo...»

È buffo, sembra quasi voler convincere non solo gli altri ma anche se stesso.

«Potete anche non credermi ma io sono davvero... Adesso vi spiego!»

Ora che ha assunto scioltezza, chi lo ferma più!

«Sì, è vero, sono un angelo. Ce ne sono tanti, proprio tanti in giro. Ma state attenti, non tutti sono proprio veri. Sono diversi nell'aspetto, nella forma, nella sostanza perché gli angeli veri non sono così. Sono diversi da me e dagli altri. Mi sono spiegato?»

Il piccolo appare dubbioso ma poi decide di proseguire.

«Ci sono troppe... troppe rappresentazioni di noi e sono quasi tutte false e oscure. Siamo ovunque ormai. Non mi credete? Venite con me, facciamo un giro. Vi faccio vedere!»

Meglio seguirlo dunque, prima che rischi di offendersi. Meglio assecondare il suo desiderio di fornirci una dimostrazione. Ha occhi grandi, questo piccolo angelo, questo angelo che non riesce a crescere, a portare a termine una delle sue missioni, quella più importante, quella che gli dà il nome.

«Ecco...» Il piccolo sgrana gli occhi e indica col dito. «Da non credere... angeli di cartapesta!»

Ora scuote il capo e volta le spalle corrucciato, offeso.

«Vi pare possibile credere a un angelo di cartapesta? Vi potreste mai fidare, affidare a lui? Ma non è tutto! Continuate a seguirmi per favore! Lo dico per voi. Volete oppure no conoscere la verità, anzi riconoscerla? Seguitemi ancora... Dov'è? Ah, eccolo lì! Un angelo di cemento, un altro di cera, si può bruciare come una candela! Ma vi pare possibile? Un angelo candela, un angelo che va a fuoco! E poi quelle ali... ma per chi ci hanno preso insomma?»

Il piccolo allarga le braccia lungo i fianchi, sconsolato.

«Ma adesso arriva il bello!» annuncia divertito. «Questo l'ho appena scoperto. Dimentichiamo pure tutti gli angeli di cemento, di cera, di cartapesta, di gesso, di legno, di metallo, di plastica... Adesso c'è anche l'angelo tovaglia, l'angelo su cui tu puoi mangiare! E sicuramente, ma questo io ancora non lo so per mia diretta esperienza, ci sarà anche l'angelo caramella oppure... che ne so... l'angelo focaccia! Ma voi, mi chiedo, vi mangereste un angelo?»

Gli angeli sono dappertutto. Davvero dappertutto. Davvero.

«Siamo in così tanti posti ormai!» dichiara il piccolo rassegnato. «Ovunque! Siamo in così tanti libri... La gente si ostina a parlare di noi in tutti i modi possibili, anche in quelli non veri. Ci sono tante bugie, troppe. Io non la conosco personalmente questa gente, ma mi hanno raccontato, mi hanno riferito.»

Il piccolo angelo ne è proprio convinto, non appare ombra di dubbio sul suo volto, fin troppo luminoso.

«Mi hanno riferito...» ripete infatti. «E c'è proprio da crederci! Mi è stato rivelato da zio Conforto e lui non mente e non si inganna. Non può. Perché anche lui è un angelo. Uno vero, non un bambino come me. Zio Conforto è un angelo adulto, anzi è quasi vecchio. Sa svolgere la sua missione e lo sa fare bene, per questo continua a crescere. Non come me. Io non cresco mai!»

Ecco! Ci risiamo! Il piccolo è turbato, è tornato al punto di partenza, alla sua spina nel fianco, alla radice dei suoi dolori, delle sue preoccupazioni. Lui non cresce.

«Io non cresco!» ribadisce malinconico, strizzando forte gli occhi fino a far spuntare due enormi lacrimoni. «Non cresco mai. Sono un angelo che non cresce, un angelo che non può, che non sa crescere. Non l'avete capito ancora? Scusate tanto se non mi sono presentato prima... Mi chiamo Perdono, sono l'angelo del Perdono. Io non cresco perché la gente non sa perdonare.»

CAPITOLO 4

Bene, ora che si è presentato da sé possiamo anche rivolgerci a lui con il suo vero nome e smettere di soprannominarlo affettuosamente "il piccolo".

Già è talmente poco soddisfatto della sua crescita, anzi per essere esatti della sua non crescita, che insistere a chiamarlo così non farebbe che aggravare la situazione. Il suo vero nome è angelo del Perdono, ma solo e semplicemente Perdono sarà più che sufficiente.

Che si può dire di più? Oltre al fatto che non cresce come tutti gli altri angeli e per questo ne è molto turbato, infastidito, offeso... Oltre al fatto che è rimasto un bambino, davvero un bel bambino in verità, con grandi occhi luminosi, guance paffute e rosate, visetto furbo e intelligente... Ma nulla più! Nulla più.

«Non è giusto!» dichiara Perdono con un sospiro. «Non è giusto subire questa sorte avversa, questo destino crudele. Ma esiste veramente il destino? Chi lo sa... Non io! Io solo so che da troppi secoli ormai non cresco, non sono mai più cresciuto. Non è giusto! Non è giusto!»

Perdono sgrana gli occhioni incredulo, poi si porta le manine al viso e scuote il capo con disappunto.

«Eccola... è lei!» esclama con vivo stupore, quasi misto a imbarazzo.

Continuando a ripetere ininterrottamente "non è giusto, non è giusto!", ecco che si è trovato davanti proprio l'angelo della Giustizia.

Lei gli attraversa il cammino senza nemmeno notarlo, senza prestargli attenzione. È una fanciulla esile, delicata, un'adolescente molto graziosa. Sembra un'apparizione, appena uscita da un quadro preraffaelita o da una poesia del romanticismo. Passeggia nella bellezza, nella dolcezza, nell'incanto. Sta crescendo, almeno lei. Anche se lentamente, anche se quasi impercettibilmente la giustizia progredisce, l'angelo della Giustizia cresce, con grazia.

Inutile tentare di fermarla e cercare di instaurare un dialogo con lei, pretendere una spiegazione. Erano entrambi bambini un tempo. Ora lei è una giovane donna sinuosa, lui è rimasto bambino. Infanzia e adolescenza pur essendo molto vicine, due fasi contigue dello sviluppo, hanno poco in comune. L'adolescenza rinnega l'infanzia, la rifiuta, la dimentica, non vuole più averne a che fare, è una tappa superata ormai. L'infanzia al contrario tende verso l'adolescenza, aspira a raggiungerla al più presto.

Ma Perdono per non sentirsi respinto, per non rimanere amareggiato da un probabile rifiuto, lascia andare Giustizia per la sua strada senza disturbarla. Avrà senz'altro del lavoro urgente da svolgere

"Come hai fatto a crescere?" Vorrebbe domandarle. "Come ci sei riuscita?"

Quanto tempo era trascorso? Non molto probabilmente. Ma ora non perdiamoci nell'assurda e vana concezione del tempo. Il tempo degli angeli non ha nulla a che fare con il tempo cronologico. Il tempo non esiste. Il tempo non passa mai. Tralasciando ogni insensata divagazione, Perdono sente che è giunto il momento. Il momento di andarsi nuovamente a lamentare con zia Speranza.

Zia Speranza fornisce sempre ottimi consigli, suggerimenti, rimedi, soluzioni a volte. Regala speranza a chiunque la chieda. Che altro può fare? È il suo compito, la sua missione in fondo! È l'angelo della Speranza.

Perdono arriva trafelato. È impaziente e un po' nervoso. Non dovrebbe esserlo, non è nella natura di un angelo che si rispetti essere impaziente e nervoso, ma lui lo è. E come al solito c'è la fila. Come al solito tutti hanno bisogno di zia Speranza. Anche gli angeli più maturi ed esperti richiedono il suo aiuto, il suo parere su qualsiasi questione. E lei non si nega mai, è sempre disponibile. Regala a tutti quanti un po' di speranza.

Eccolo, bello come il sole, come si suol dire, appoggiato a una parete, anzi no... a un angolo di cielo.

«Ci mancava solo l'angelo dell'Amore adesso!» si lamenta Perdono. «Così mi si scatena di nuovo quest'invidia tremenda che non riesco a bloccare e poi mi devo pentire e fare penitenza! Un angelo non deve, non può essere invidioso, questo lo sanno tutti!»

L'angelo dell'Amore ha infatti l'aspetto di un uomo molto bello e vigoroso. Ha lineamenti marcati, decisamenti maschili, zigomi alti, capelli ricci e folti, sguardo sicuro. Nemmeno si accorge dell'arrivo di Perdono, quasi non ne avesse mai avuto bisogno.

Perdono, il piccolo, invece lo osserva. Lo squadra, lo inquadra, lo guarda dal basso verso l'alto. L'altro non risponde al suo sguardo, simula indifferenza.

Perdono ncn gradisce di venire ignorato.

«Che problema hai?»

«Ah, sei tu...» replica l'angelo dell'Amore evitando di proposito di rispondere alla domanda. «Non ti avevo visto!»

«Che problema hai?» Perdono non cede, insiste sempre, vuole sapere.

«Gente!» risponde finalmente Amore.

«Gente?»

«Che altro?»

«Perché?»

Amore lo sapeva che sarebbe finita così, per questo aveva cercatc di evitare la conversazione. Perdono, il piccolo Perdono, è irrimediabilmente curioso. Così cerca di mettersi sulla difensiva.

«È inutile che stia qui a spiegarti... Che ne sai tu dell'amore? E a quanto vedo nei sai ben poco anche del perdono, povero bambino. Concentrati sulla tua missione.»

Perdono non sembra affatto convinto.

«Spiegami...» insiste infatti imperterrito. «Per favore Amore... puoi aiutarmi!»

Amore si volta per un istante. Troppi angeli davanti a lui in attesa di Speranza. È costretto a rassegnarsi. Il piccolo angelo non gli darà pace finché non gli avrà raccontato il motivo della sua visita a zia Speranza.

«La gente, come ti dicevo...»

«Sì...?» lo incoraggia Perdono. «La gente cosa? Non ama più? Non vuole più saperne dell'amore? Cosa? Cosa?»

«Mi lasci parlare per favore?» lo interrompe Amore contrariato.

«Sì, sì, scusa! La gente cosa? Non ama più? Non vuole più saperne dell'amore? Cosa? Cosa...?»

Un'occhiata d'Amore e Perdono si acquieta, portandosi le manine grassottelle sulla bocca per dimostrargli che d'ora in poi se ne starà buono e soprattutto zitto, ascolterà in silenzio.

«Allora... adesso non mi interrompere più altrimenti perdo il filo!»

Amore si schiarisce la voce prima di proseguire.

«Il problema non è che la gente abbia smesso di innamorarsi! Ama ancora, come e più di prima, però...»

A causa dell'interruzione di Amore, Perdono sarebbe subito tentato di intervenire, ma poi rammenta la promessa fatta e tace. Si limita ad annuire invitando Amore a proseguire il suo racconto.

«La gente ama ma nega d'amare!» confessa Amore incapace ormai di trattenere il disappunto.

Perdono, temendo di perdere per sempre la fiducia di un angelo più grande, non parla, ma fa cenno di no con la testa mostrando così chiaramente di non aver afferrato il problema che affligge Amore.

«Ripicche, stupidi giochi, ricatti, sciocchezze, incomprensioni, sfiducia... e io non riesco più a venirne a capo, a sbrogliare la matassa. Diventa tutto troppo complicato e confuso! E intanto il tempo passa, per loro passa così velocemente che... quando tutto si risolve, se si risolve, quando riesco finalmente a toccare i loro cuori... ormai è troppo tardi!»

Che problema! Davvero un grosso problema quando è troppo tardi e tutto diventa improvvisamente irrimediabile. A tal punto che neanche Perdono sa più cosa dire. Certo, se lui sapesse dare un consiglio, un suggerimento a questo povero Amore, costui si rivolgerebbe direttamente a lui e non se ne starebbe lì in fila ad attendere di essere ricevuto da zia Speranza.

Questo significherebbe che l'angelo del Perdono a questo punto sarebbe già cresciuto da un pezzo, sarebbe già adulto e maturo (già, perché a volte non si è tutte e due le cose insieme!) e noi non staremmo qui a narrare la sua storia. Niente crampi alla mano, mal di testa e notti insonni. Niente di tutto ciò.

Ma che succede ora? La conversazione di Perdono e Amore viene interrotta bruscamente. Qualcuno piange e sospira e trema. Qualcuno appena uscito dalla sala del congresso di zia Speranza. Chi è?

«È l'angelo della Pace...» rivela Perdono saltellando qua e là per scoprire la visuale. «Senti questo profumo dolce dolce. Sì, è proprio lei! Ma perché piange così?»

Certo, Perdono è irrimediabilmente curioso. Questo lo spinge ad abbandonare la fila, a farsi largo tra tutti gli altri angeli e a dirigersi in tutta fretta verso l'angelo della Pace.

«Perché piangi così?» domanda preoccupato.

«Ah, bambino mio...» replica Pace portandosi una mano sulla fronte. «Se solo tu sapessi... se solo tu potessi capire...»

«Spiegami...» la incoraggia Perdono speranzoso, impaziente di prestare il suo aiuto, il suo soccorso in qualche modo.

«Se nemmeno Speranza è riuscita davvero ad aiutarmi, non vedo come tu...»

Perdono abbassa il visetto deluso, ma del resto essere sottovalutato è un'abitudine per lui. Una triste abitudine.

«In fondo non ho niente da perdere.» La dolce Pace cambia idea inaspettatamente. «Perché no?»

L'attenzione di Perdono si risveglia, il suo spirito si ridesta, gli occhi si illuminano. Sentirsi considerato lo riempie di gioia, di fiducia.

«Ti ascolto. Cosa c'è che non va?»

«Il solito...» confessa Pace afflitta. «La mia solita avversaria!»

«Ancora?» domanda Perdono vivamente dispiaciuto.

«Sempre lei. Sempre. La guerra.»

Tutto questo è abbastanza ovvio. Chi può mai essere la più temibile avversaria dell'angelo della Pace? Sempre lei, la guerra.

«Che ha fatto questa volta?»

«Bombe. Sono esplose delle bombe!»

«Dove?»

«Ovunque sulla Terra. Ma questa volta anche sulla metropolitana di una grande città e questo ha fatto davvero scalpore. È un disastro! Mi sono risvegliata così, così... sconvolta. Non mi dà mai un attimo di respiro, colpisce ovunque la guerra. Senza preavviso. E la gente muore. E io sono sempre troppo impegnata, non riesco mai a prevedere i suoi attacchi. Sto perdendo tutte le mie forze, sono così stanca...»

Perdono offre la sua disponibilità.

«Io forse... potrei aiutare in qualche modo...»

Pace sorride con dolcezza ma scuote il capo, veramente afflitta.

«E come, bambino mio?»

Così dicendo si allontana, asciugandosi una lacrima che solca la gota candida.

"E come, bambino mio?" ripete Perdono tra sé, facendole il verso.

Già, lui è solo un bambino. Non può essere certo d'aiuto, lui. Prima Amore e ora Pace. E lui, piccolo angelo, non è stato in grado di dire una sola parola, di consigliare, di portare conforto.

«Zio Conforto!» esclama con enfasi.

Zio Conforto si avvicina scorgendolo in lontananza. Almeno lui, a differenza degli altri, non tenta di evitarlo, di negarsi. Gli posa una grande mano sulla testa coprendola completamente. È così vecchio, saggio e premuroso. Lo è sempre stato.

«Ti senti meglio adesso?»

Perdono annuisce e non mente. Sta davvero meglio. L'opera di zio Conforto è sempre stata efficiente. Una medicina efficace che dona immediatamente un senso di sollievo e benessere. Per questo è invecchiato, un po' curvo, con una lunga barba, ma sempre attivo, puntuale, attento, responsabile, affidabile.

«Per me il lavoro non è mai finito, lo sai vero? La missione mi chiama e io devo andare, ubbidire.»

Perdono non nasconde la sua delusione.

«Avrei voluto che restassi un po' con me, zio Conforto, mentre aspetto zia Speranza.»

«Hai sentito le brutte notizie di Pace? Devo per forza andare a prestare la mia opera adesso. Lo capisci vero? In fondo pur essendo ancora un bambino, sei anche tu un angelo.»

Se lo sa! Lo sa eccome! Non riesce a pensare ad altro, proprio non occorre ricordarglielo. Primo è un bambino. Poi è un angelo. Non viceversa. E un angelo che non cresce che angelo è? Ben poco convincente, purtroppo.

«Fai una bella cosa adesso...» suggerisce zio Conforto. «Stai qui, tranquillo, e aspetta zia Speranza con pazienza.»

«Impossibile!» replica Perdono insofferente, non comprende come zio Conforto possa avergli dato un suggerimento così ridicolo. «Pazienza non ha mai tempo per me. Corre sempre, di qua e di là. È sempre troppo indaffarata per prestarmi attenzione. Figuriamoci se si ferma ad aspettare qui con me! È l'angelo della Pazienza ma non ha mai pazienza, proprio per niente. È sempre troppo impegnata ad essere paziente per avere pazienza.»

Zio Conforto sorride, si sforza per trattenere una risata aperta, viva. Non vuole mostrarsi troppo divertito e rischiare di offendere la sensibilità del piccolo. Il piccolo Perdono è l'angelo più suscettibile che conosca oltre ad essere l'unico che fraintende sempre tutto.

«Io non intendevo l'angelo della Pazienza. Volevo solo consigliarti di stare qui tranquillo, calmo...»

Ora l'equivoco è chiarito, ma Perdono si sente ancora più abbattuto, frustrato. Si ritira in se stesso, fa il muso.

«Ah, ma come faccio io a capire se voi non mi spiegate le cose? Sono piccolo io! Già, sono troppo piccolo!»

«Vedrai che prima o poi risolverai il tuo problema. Sono certo che questa volta zia Speranza ti aiuterà! Abbi fede...»

Zio Conforto si rende conto troppo tardi di aver inavvertitamente pronunciato quelle ultime due parole. Il piccolo Perdono rischia di fraintendere di nuovo, come suo solito. Infatti:

«Va bene, resterò qui ad aspettare zia Speranza. Nel giardino di nonna Fede ci andrò più tardi!»

Perdono non si smentisce mai.

CAPITOLO 5

Finalmente! La porta della sala del congresso di zia Speranza si apre. È stata una lunga attesa.

Perdono entra in punta di piedi, quasi vergognandosi di essere lì. Si guarda attorno un po' confuso, un po' intimidito. Zia Speranza non c'è, sembra svanita nel nulla. Perdono rimane fermo per qualche istante. La sala è tanto grande, immensa e in effetti gli ha sempre messo un po' soggezione.

E adesso? Perdono è tentato di fare marcia indietro e ritirarsi. Si sente in colpa. Tutti si recano da zia Speranza per questioni davvero importanti, per chiedere consiglio, invece lui... ha solamente bisogno di lamentarsi.

"Che brutta cosa!" pensa tra sé "Un angelo che si lamenta!"

«Davvero una brutta cosa!» replica zia Speranza, comparsa per incanto oltre al grande tavolo del congresso. «Ma già che sei qui, vieni avanti Perdono...»

Perdono si avvicina esitante. Trema un poco. Zia Speranza ha lunghi capelli bianchi sciolti sulle spalle e l'aria più mite e saggia che un angelo possa mai sperare di possedere. Un'espressione armoniosa, pacata. Incoraggia Perdono ad avvicinarsi con un cenno del capo.

«Allora?»

«Io...»

«A cosa devo questa visita?»

«Volevo... dirti...»

Come sempre Perdono esita a prendere la parola ma come sappiamo una volta acquisita sicurezza è difficile fermarlo.

«Perché? Perché sono ancora così piccolo? Perché non cresco? Eppure, sto facendo del mio meglio, tutto il possibile! Ma quando mi risveglio sono sempre lo stesso. Non cambio mai, le mie mani non cambiano. Guardami...»

Così dicendo Perdono mostra a zia Speranza le sue manine un po' tremanti. Zia Speranza invece di replicare, tace. Perdono, pur attendendosi una risposta, si sente incoraggiato a continuare.

«Perché? Io sto facendo di tutto... Hai visto quante cose buone ho fatto ultimamente e poi...»

Zia Speranza ha ascoltato abbastanza. Ora, con un cenno della mano, lo induce al silenzio.

«Allora... se ho ben capito, hai portato a termine tutte queste buone opere solo per ottenere qualcosa in cambio.»

Perdono rimane allibito. È stato preso in contropiede e ora non sa come giustificarsi.

«No, davvero... Non volevo dire questo... volevo solo dire...»

Zia Speranza nuovamente tace. Non fa altro che inclinare la testa da un lato, fissandolo attentamente negli occhi. L'imbarazzo di Perdono cresce.

«Io... volevo solo chiedere perché... Perché sono ancora così piccolo? Perché non cresco? Perché tutti gli altri angeli crescono e io no? Rimango sempre uguale, così... piccolo. Sono l'unico, il solo... Cosa posso fare? Io non so proprio cosa posso fare di più!»

«Forse l'unica soluzione è aspettare. Cerca di non pensarci per un po'... Sai come succede, Perdono? Più si desidera una cosa, più la si sente lontana, irraggiungibile. Prova ad aspettare un po', con pazienza...»

Perdono scuote la testa, visibilmente sconsolato, afflitto. Chi credeva potesse offrire una soluzione al suo problema l'ha invece irrimediabilmente deluso.

Aspettare con Pazienza. Ecco l'unico rimedio che zia Speranza gli ha suggerito. Perché poi? Non è già abbastanza frustrante per lui aspettare da solo? Deve coinvolgere anche Pazienza nella sua attesa? E come può pretendere una cosa del genere poi? Conosce bene Pazienza e il suo carattere scontroso. Perdono si vergognerebbe davvero a coinvolgerla nel suo dramma.

«Non è una buona idea, lo sai... Me l'ha già consigliato zio Conforto, la stessa identica cosa. Ma conosci anche tu Pazienza, va sempre di fretta. Non ha mai pazienza con nessuno, lei... Neanche con quelli veramente pazienti. Anche loro dopo un po' la perdono. Sai come succede, lei d'improvviso se ne va via, li lascia lì soli... e loro, anche se sono davvero molto pazienti, perdono la pazienza...»

«Certo, certo...» interviene zia Speranza cercando di placare l'ininterrotto fiume di parole del piccolo. «Il tuo ragionamento di certo avrebbe un senso, una logica... se qui si intendesse parlare dell'angelo della Pazienza e della pazienza dei pazienti. Ma no, in verità non è questo il fulcro del mio discorso...»

«Ah no...?»

Zia Speranza sorride. Quanto le ci vorrà per far comprendere al piccolo ciò che in realtà intendeva? Pazienza. Sì, certo. Pazienza. Ma questo la riporterebbe al fraintendimento iniziale, ad un interminabile girotondo in cui tutto ciò che viene detto è destinato ad essere interpretato nella maniera sbagliata. Quante volte capita?

Zia Speranza decide di evitare tutto ciò e di andare direttamente al punto.

«La Madama...»

Perdono non comprende, la guarda e strizza gli occhi come per sforzarsi di capire ciò che in realtà non riesce ad afferrare.

«La Madama... Era a lei che mi riferivo quando ti ho detto di aspettare come va a finire.»

La spiegazione di zia Speranza non sembra aiutare Perdono. Il piccolo brancola ancora nel buio, per lui il mistero si infittisce.

«Madama? Chi è questa Madama?»

«Te ne ho già parlato Perdono, se ben ricordi...»

Perdono rimane dubbioso per qualche istante.

«No, non ricordo proprio... Madama? Chi è questa Madama?»

Zia Speranza sospira, cercando di trovare le parole adatte alla situazione, cercando di svelare nel modo più semplice possibile ciò che Perdono non ricorda o non ha ancora compreso.

«Madama è la creatrice, la tessitrice delle storie.»

«La tessitrice? Cosa significa tessere le storie?»

«Davvero non lo sai?» lo interroga zia Speranza stupita.

«Forse sì!» ribadisce Perdono illuminato da un'idea fulminea. «Ho visto una cosa tempo fa. Ho visto una vecchia macchina da cucire a pedali. È quello che significa tessere, vero? Cucire, ricamare... rammendare...»

Zia Speranza lo osserva perplessa. Il piccolo è pieno di fantasia, su questo non vi è dubbio alcuno.

«Più o meno, sì...» conferma senza però sapere esattamente a quale affermazione sta concedendo il suo consenso. Poi riprende il controllo della situazione. È così facile perdere il contatto con la realtà quando c'è Perdono di mezzo. «No, per la verità... La Madama è sì la creatrice, la tessitrice delle storie, ma non nel senso che credi tu. La Madama non usa una macchina da cucire per creare le sue storie. Lei usa... la sua... arte... ecco. Lei è l'artefice delle storie, dei destini.»

L'esitazione di zia Speranza non convince Perdono.

«Vorresti dire quindi che lei è... colei che crea i destini, che decide... tutto?»

«Tutto.»

«Tutto tutto?»

«Perdono... vediamo se riesco a spiegarti. La Madama probabilmente non è al di sopra di tutto, ma sicuramente in questo momento è al di sopra di noi. È lei che ci ha creati, è lei che ci consente di parlare, di esprimerci, di muoverci. È da lei che dipende il nostro destino, la nostra storia.»

«Solo da lei?» indaga Perdono ancora dubbioso.

«E da chi altro?»

«Dio...» sussurra il piccolo timoroso. «Dio permette davvero che questa Madama faccia quel che le pare e piace?»

Zia Speranza è colta alla sprovvista. Esita. Perdono le punta gli occhi addosso con un'insistenza tale da non lasciarle il tempo di riprendersi e trovare una risposta. Ha bisogno di tempo, lei. Come chi scrive. Tempo per pensare, per raccogliere le idee. Perdono vuole crescere, progredire. Perdono non ha tempo, lui non vuole aspettare. Non ne vuole proprio sapere.

Zia Speranza è cresciuta invece, come tutti gli altri. Ha raggiunto l'anzianità, quasi. È incoraggiante. Significa che nonostante tutto la gente continua a sperare. Con il perdono è tutta un'altra storia. Perdono è sempre piccolo, sempre più piccolo, una voce fuori dal coro. Ma non si rassegna. Affligge e tormenta chiunque gli capiti a tiro. Non accetta che il suo problema venga sottovalutato.

«Allora, questa signora Madama è superiore a Dio?» insiste imperterrito. «Come è possibile?»

Zia Speranza sospira. Non ha via d'uscita, deve proprio affrontare il discorso e rispondere alla domanda. Consapevole delle conseguenze.

«No, in realtà non lo è, non dovrebbe esserlo, ma in questo caso... Si tratta di una situazione molto particolare, complessa. In questo caso dunque... è lei a decidere del nostro destino.»

«Perché?»

«Perché è lei... è lei che sta scrivendo questa storia, quindi è lei che decide del nostro destino.»

La risposta di zia Speranza è semplice, fin troppo semplice. Allarga le braccia lungo i fianchi, piega il viso da un lato e se ne rallegra. La sua gioia però dura poco. Perdono è di nuovo pronto all'attacco.

«È lei, dunque, che mi ha fatto così piccolo?»

Zia Speranza in fondo lo sapeva, questa domanda se l'è proprio cercata e del resto se l'aspettava da un momento all'altro. Il tormentone che affligge Perdono da sempre ora merita una risposta, una spiegazione.

«In effetti...»

«Allora è lei che mi impedisce di crescere!» conclude Perdono col visetto arrossato.

«Sì...» Zia Speranza è costretta ad ammetterlo, non ha alternative. «Però ti ha fatto proprio carino, questo lo devi riconoscere...»

Il tentativo di Speranza di addolcirgli la pillola non funziona. A Perdono non interessa essere carino, a lui importa soltanto essere un vero angelo, un angelo come si deve.

«Voglio vederla!»

Proprio una bella pretesa! Speranza è consapevole dell'inattuabilità della sua richiesta. Ma Perdono no, non lo è. È ancora piccolo, un bambino. Sa pretendere. Sa credere possibile l'impossibile.

«Non puoi vederla, non potrai mai. Non sarà mai possibile, a meno che non sia lei a decidere di farsi vedere. Ma lascia che ti dica questo... sarà molto, molto difficile. Non succede mai, anzi non credo che sia mai successo.»

Qualcosa avviene. Qualcosa di inaspettato, di veramente improbabile. Però avviene. Ecco. Sta capitando. Ciò che non succede mai ora è successo.

«Non si può avere di meglio?» chiede Perdono dopo aver sbirciato l'immagine da tutti i lati senza riuscire a vedere più di quanto gli sia concesso.

«Per il momento non è proprio possibile, a quanto pare» replica zia Speranza tentando di placare la sua naturale curiosità. «Come ti ho già spiegato dipende tutto da lei, anche decidere di farsi vedere oppure no. Mostrandosi così ci ha già riservato un grande privilegio.

Siamo fortunati. Significa forse che in fondo ci tiene a noi. Vuole comunicare in qualche modo. È lei che deciderà il susseguirsi della storia. La Madama.»

Perdono scuote il capo, non ancora convinto e tanto meno soddisfatto.

«Ma allora... allora che ruolo svolge Dio in tutta questa storia? Io credevo, anzi ero convinto, che fosse Dio a decidere del nostro destino, a guidarci. Che cosa c'entra questa Madama, chi l'ha inventata?»

Zia Speranza si chiede se questa conversazione avrà mai una fine, se raggiungerà finalmente una degna conclusione. Chiunque se lo chiede ormai.

«Madama ha ora il potere di scegliere cosa avverrà di noi, ma Dio...»

«Dio è superiore alla Madama, ti prego zia Speranza, dimmi di sì!»

«Dio ha il potere di spingere la Madama a... diciamo rivedere le sue idee...»

Se Speranza crede davvero che questa sorta di chiarimento possa bastare a Perdono, si illude.

«E come?»

«Come...?» Zia Speranza cerca per l'ennesima volta una risposta, poi trova finalmente la soluzione. «Hai mai sentito parlare di libero arbitrio?»

«Libero cosa…?»

Come non detto! Meglio non addentrarsi in certi argomenti. Non con Perdono almeno. Evidentemente è ancora presto, non è giunto il momento.

«Libero cosa...? Spiegami, zia Speranza.»

Meglio di no! Sarebbe un disastro. Speranza ha ben chiara in mente la sorta di fraintendimenti a cui giungerebbe il piccolo Perdono. Meglio cambiare strada.

«Dunque... bisognerebbe che... tutto dipende...»

«Libero cosa...?»

Mi sembra di aver detto che è meglio cambiare strada. Zia Speranza è costretta a trovare presto una soluzione alternativa per uscire dal pasticcio. A volte il libero arbitrio mette in grossi guai.

«Bisogna sperare che nella vita della Madama avvenga qualcosa di bello che la porti a essere buona con noi!»

Tutto sembra risolto. Sembra. Perché a Perdono le parole non sfuggono.

«Hai detto "sperare"! Quindi tutto dipende da te!»

Sperare... Speranza rimane senza parole, impallidisce, per quanto a un angelo sia concesso di impallidire. Mille e più soluzioni si affacciano nella sua mente, tra cui anche quella, che ben poco si addice a un angelo del suo livello, di buttare fuori il piccolo dalla sala del congresso. Alla fine decide di chiudere gli occhi, solo per un istante, e implorare aiuto.

«La storia, questa storia... è nelle sue mani...»

«Allora è lei che decide, non Dio!»

Speranza comincia davvero a cedere; a questo punto ha veramente bisogno d'aiuto.

«Allora... tutto dipende dalla Madama, come ti ho già spiegato. Da quello che lei prova, che lei sente... e Dio, beh Dio potrebbe operare su di lei forse un miracolo o qualcosa del genere...»

«Bene, allora tutta la storia e io in particolare, perché io sono nella storia... tutta la storia dipende dal buon umore di questa donna che non ha nemmeno il coraggio di farsi vedere in faccia. Ma... io sono nella storia, vero?»

«Certo che sei nella storia, anzi, di più! Sei il protagonista della storia, almeno fino a ora...»

Una volta rassicurato, il visetto paffuto di Perdono si illumina. La consapevolezza di essere il protagonista della storia lo riempie di una gioia, di un entusiasmo tale che per un attimo mette da parte il suo problema.

«Che bello, sono il protagonista! Vorrei continuare ad esserlo, come devo fare?»

«Devi fare qualcosa di speciale, probabilmente qualcosa di molto, molto coraggioso.»

«Io non voglio essere coraggioso... io voglio solo crescere!»

E adesso? Cosa fare? Cosa dire? Come replicare? Come offrire una soluzione? Perdono vuole crescere. Questo è il punto. Si può tentare di distrarlo per un po', di lusingarlo, di farlo sentire importante, di renderlo il protagonista della storia, il vero, l'unico protagonista. Ma Perdono vuole crescere, solo crescere.

Speranza ha proprio bisogno d'aiuto ora. D'aiuto, di sostegno, magari anche di una preghiera. Ha bisogno di una risposta e soprattutto di uscire da questo capitolo della storia. Perché la storia deve continuare, non può fermarsi qui. Perdono deve crescere, deve diffondere la sua influenza, la sua voce, la sua magia. Il suo dono, il suo miracolo. Deve diffondersi ovunque nel mondo, ovunque. Anche sulla Terra.

«Se realmente desideri crescere...» sussurra zia Speranza, sentendosi finalmente ispirata. «Il tuo compito sarà quello di portare il perdono sulla Terra, di spingere la gente a perdonare. Ma non da qui, come hai sempre fatto; sarebbe troppo facile e poi non funzionerebbe. Questa volta ti recherai laggiù e avrai un contatto diretto con loro. Hai una vaga idea di come sono loro, vero? Sai quindi che per questo ci vuole molto, molto coraggio.»

«Qualsiasi cosa!» risponde Perdono entusiasta. «Qualsiasi cosa, anche la più pericolosa, per poter finalmente crescere!»

«Bene, è deciso allora. Volerai laggiù e farai del tuo meglio per portare a termine la tua missione, la tua ricerca, il tuo messaggio di salvezza. Ora ti spiegherò di cosa si tratta... stai bene attento.»

Non importa chi sono, non importa da dove vengono e cosa fanno. Nemmeno la loro età ha importanza, tanto meno il colore della loro pelle e dei loro occhi. Neanche la loro religione, il loro credo. Per noi sono e saranno semplicemente il ragazzo e la ragazza. La ragazza e il ragazzo. Fino in fondo, fino alla fine della storia. È tutto ciò che ci è dato sapere e ci deve bastare.

L'angelo del Perdono è ancora un bambino, sarà lui a sceglierli per poi guidarli. L'angelo del Perdono non è ancora cresciuto, fa una gran fatica a crescere, a diventare adulto. La stessa fatica che fa la gente a perdonare e a perdonarsi.

CAPITOLO 6

Tutto stabilito ora. Perdono è pronto, si sente pronto a partire, a intraprendere questa nuova avventura. Nulla di complicato per lui e tanto meno di pericoloso. Non che il piccolo sottovaluti le parole di zia Speranza, ma in effetti... Cosa sarà mai, in fondo? Solo un volo. Sì, solo un volo, non molto lontano... Nulla di preoccupante.

«Solo un volo, nell'anima, non lontano atterrerò...»

Perdono è veramente euforico. Questa breve canzone gli sgorga direttamente dal cuore, dall'anima o giù di lì. Mostra la sua gioia a tutti senza vergognarsi, senza esitare. Canta la gioia, esibisce la gioia immensa del suo spirito bambino.

Ma prima... prima di partire, di lanciarsi nella nuova emozionante avventura, c'è qualcosa che deve fare. È suo dovere. E forse ne sente la necessità. Tutti ne sentono la necessità in determinati momenti e vi si aggrappano.

Perdono si reca nel giardino di nonna Fede. Desidera salutarla prima di partire. E lei è lì che lo aspetta senza mostrarsi sorpresa, senza interrogarlo. Lei è lì e lo guarda con affetto, con dolcezza, come ha sempre fatto. Lo osserva attentamente immersa nel gran prato fiorito. Allunga le braccia verso di lui per accoglierlo.

Perdono sospira mentre un gradevole profumo di fiori freschi si impadronisce di lui. Socchiude gli occhi. L'idea di lasciare quel luogo ora lo intristisce.

Nel frattempo, nonna Fede continua a sorridergli, persiste, non demorde. Ha occhi grandi, di un azzurro limpido. E splendono, così luminosi e chiari, tra le rughe profondamente marcate del suo volto. Perdono la scruta trattendendo un singhiozzo. Sa che gli mancherà. Poi gira intorno lo sguardo. L'incanto gli spezza il fiato. Quanta pace! Lì c'è sempre il sole. Lì è sempre primavera. Anzi, lì le stagioni non esistono proprio. Non c'è stagione che contenga in sé tanta meraviglia.

L'aria è pulita, incontaminata. Non c'è imperfezione che turbi la serenità del luogo. Il luogo dove l'anima trova pace, riposo, sollievo. Rose bianche, rose gialle, rose blu. Rose del colore dell'amore. E simpatiche margherite, primule, teneri fiorellini di campo e glicine in fiore che si lascia cadere, scivolare senza timore, senza inganno. Mughetti profumati di semplicità. Viole del pensiero e non ti scordar di me. E ancora corone di gigli raccolti in cerchio, candidi come fiocchi di neve e altrettanto intatti, delicati, puri.

E poi... ascolta, percepisci il cinguettio degli uccelli che giocano a nascondino tra le fronde degli alberi, che lasciano il nido per rincorrersi in infiniti girotondi. E gli scoiattoli che fuggono lo sguardo e si nascondono e si arrampicano svelti.

E la grande quercia, così antica, così possente. Abbracciarla è come abbracciare la vita, l'amore, la fede. Nonna Fede le si inginocchia accanto e vi appoggia la nuca.

Perdono la raggiunge e si accoccola sulle sue ginocchia. Non una parola tra loro. La quercia secolare li accoglie, la sua saggezza li conforta. Perdono comprende che la ritroverà ovunque si recherà, anche molto, molto lontano, anche laggiù. La quercia secolare si trova nell'anima di chiunque ricerchi affetto, comprensione, sapienza. Esisterà qualcuno così, anche laggiù. Un essere spontaneo e dallo spirito incorruttibile. Un essere umano. In quel mondo dove tutto è temporaneo, caduco e così fragile, indifeso.

La vita umana non è una favola. Perdono questo lo sa, già da tempo. Nonostante sia ancora un bambino, nonostante a volte giochi ad essere ancora un bambino, nonostante spesso si crogioli nella consapevolezza di essere ancora un bambino e sfrutti questa idea come espediente per eludere la realtà. La vita umana non è una favola. È un mistero. Un dono. Ma non una favola.

Raggi d'oro si specchiano nel lago. Nonna Fede si solleva in piedi e prende per mano Perdono. Si trascinano sulla riva. Alcune paperelle variopinte galleggiano beate, nulla può turbarle. Una luce candida si avvicina gradualmente. Perdono chiude gli occhi per un istante. Il cigno bianco lo osserva e, come se volesse confortarlo, si allunga verso di lui. È stupendo e sembra esserne consapevole. Nonna Fede immerge una mano nell'acqua e poi lo accarezza dolcemente. Perdono la imita con mano tremante. Sente l'angoscia impossessarsi di lui.

«Ho paura...» ammette con tristezza «Ho paura... di loro...»

Nonna Fede gli asciuga una lacrima. Poi, con un cenno del capo, indica il bel cigno ancora immobile davanti a loro. Perdono comprende e si sente rinvigorito. Lo ritroverà anche laggiù, insieme alla grande quercia. Non si sentirà abbandonato, non proverà amarezza. Eppure... tutte quelle guerre... quelle ingiustizie... quel dolore... Perché?

Perdono sorride tra le lacrime. È giunta l'ora.

«Devo andare...»

Nonna Fede annuisce. I grandi occhi azzurri sembrano allargarsi, espandersi, diventano immensi ed entrano dentro di lui. Il cielo limpido ha lo stesso colore intenso. Anche laggiù. Perdono tenterà di rammentarlo nei momenti di nostalgia, di sconforto.

«Tornerò...» sussurra, «Farò del mio meglio, li troverò. Sarai orgogliosa di me nonna Fede. Crescerò.»

Così dicendo si allontana, si avvia verso l'ingresso del giardino. Voltandosi per un ultimo istante scorge nonna Fede, l'angelo della Fede, che lo saluta con la mano.

Perdono è pronto. L'ora è giunta, deve partire. Cerca di farsi forza, di trovare il coraggio necessario, di dimostrare a se stesso che non ha paura, non teme. È solo un volo. Solo un volo come tanti altri. Come tanti prima di quello. E tanti altri ce ne sarebbero stati. Tutto è stabilito ormai. Il momento è giunto. Non può più rimandare o tirarsi indietro. L'ha voluto lui in fondo, ha preso la sua decisione. Ha scelto di correre il rischio e ora deve affrontarne le conseguenze. Con coraggio e audacia. Con fermezza. In fondo è solo un volo, si ripete continuamente, senza sosta, per farsi forza.

«Solo un volo, nell'anima, non lontano atterrerò...»

CAPITOLO 7

«Non mi piace!» esclama Perdono contrariato «Ci sono stato poco ma abbastanza per sapere che la Terra proprio non mi piace!»

Perdono è tornato a rapporto da zia Speranza irritato e stanco.

«Guarda qui...» aggiunge mostrando le prove del suo disappunto. «Guarda cosa succede...»

Così dicendo porge a zia Speranza diverse palline di carta grigiastra.

«E questo cos'è?» domanda lei perplessa.

«Li chiamano giornali, devi disfarli per vederli bene» spiega Perdono. «Occupano un sacco di spazio! Per questo io li ho appallottolati.»

«So cosa sono i giornali, Perdono...» chiarisce Speranza. «Solo non li avevo mai visti in questo "formato".»

Perdono dispiega i giornali, li stira e li stende uno dopo l'altro sotto lo sguardo esterrefatto di zia Speranza.

«Hai visto?» domanda turbato. «Guerre di qua, guerre di là, omicidi, violenze, rapimenti, rapine. E questo non è ancora niente. C'è di più, molto di più.»

Zia Speranza non lo interrompe ma annuendo lo incoraggia a proseguire.

«La gente non mi piace affatto. La gente parla, parla troppo e per niente e non vede, non osserva, non sente. Non hanno voci distinte, ma sono un'unica voce, una voce stridula e fastidiosa. Non hanno un volto né un'identità. Sono una massa. Un'enorme massa informe, implacabile.»

Speranza segue il suo discorso senza replicare.

«Lì in mezzo non li troverò mai» conclude Perdono sfregandosi gli occhi. «E non li troverò mai perché non ci sono, non esistono, non sono mai esistiti. Vivono solo nella nostra fantasia. Sono una nostra illusione. Gli esseri umani non ne vogliono proprio sapere di me...»

Zia Speranza decide finalmente che è giunto il momento di intervenire.

«Così, vedo che hai già rinunciato alla tua missione, al tuo intento.»

Perdono si sente toccato sul vivo, scuote il capo deluso, amareggiato.

«In fondo ti capisco, Perdono» prosegue zia Speranza. «È tanto più comodo dimenticare tutto e rinunciare. Rimanere per sempre qui tranquillo, sereno. Senza più delusioni, amarezze. E restare eternamente bambino.»

Eternamente bambino. Due semplici, innocenti parole. Ma feriscono Perdono. Profondamente.

«Non credevo... che fosse tanto difficile stare lì. Io credevo che fosse solo un volo ma mi sbagliavo. È molto di più. E io ho paura di sbagliare se torno indietro.»

«Hai il permesso di sbagliare...» lo rincuora zia Speranza. «Hai il mio permesso di continuare a sbagliare finché non imboccherai la strada giusta. A volte solo sbagliando la si trova. Ti ho avvertito fin dal principio che questa missione richiede coraggio.»

Osservando l'espressione serena di zia Speranza, Perdono si sente invadere da una rinnovata energia, vitalità. Nonostante l'abbattimento iniziale, il desiderio di crescere non l'ha ancora abbandonato. Deve ritentare, affrontare l'esperienza senza più timori né esitazioni.

Sarebbe stato qualcosa di memorabile, qualcosa che nel corso del tempo non avrebbe mai dimenticato. Qualcosa che l'avrebbe fatto crescere. Sì, sarebbe cresciuto finalmente. Sarebbe stato bello.

CAPITOLO 8

Ora di tornare.

«Solo un volo, nell'anima, non lontano atterrerò...»

Perdono cerca di convincersi. Questa volta andrà tutto bene. Ormai sa cosa lo attende. Una volta conosciuto l'ostacolo è più semplice imparare ad aggirarlo.

Però... il viaggio è solo all'inizio. Ma cosa succede? Improvvisamente Perdono si sente respingere indietro da una forte corrente di aria gelida che quasi lo paralizza. Non comprende di cosa si tratta. Mentre si guarda intorno titubante la corrente si placa.

Perdono si riprende ma ancora non si sente tranquillo. Teme possa trattarsi di quello a cui non vuole pensare. Quello che ha sempre evitato di sentir nominare. Quello da cui è sempre fuggito con insofferenza e angoscia. Perdono ricorda. Quante volte si è nascosto, quante volte si è tappato le orecchie per non ascoltare i discorsi degli altri angeli nei rari momenti in cui lui entrava nelle loro conversazioni. Quante volte ha serrato gli occhi per non vedere i loro volti preoccupati. E si allontanava gridando: «No, no, non voglio sapere! No, non parlatene più. Lui non esiste!»

Ma del resto... non è proprio lui a impedirgli di crescere? Non è il suo intervento malvagio a ostacolare la sua missione?

E ora... è proprio lui a respingerlo, a costringerlo a tornare indietro?

La corrente d'aria gelida si è placata. Questo incita Perdono a prendere velocità per arrivare il prima possibile a destinazione. Ma proprio in seguito a quella decisione si sente assalire non più da una folata di aria fredda, ma da mille punture di spilli. Punture di ghiaccio che lo perforano. Una sensazione davvero sgradevole e dolorosa, anche per un angelo.

«Ma cosa sono...?» si interroga nervoso.

No, non può essere lui. A quest'ora l'avrebbe già annientato e rispedito indietro se solo avesse voluto. Però... forse un suo alleato!

Nonostante le difficoltà e il disagio Perdono sta per raggiungere la meta. Un prato è solitamente il luogo più indicato e confortevole dove atterrare. Inoltre gli ricorda il giardino di nonna Fede e questo ha almeno il potere di risollevargli il morale.

Bene, è quasi arrivato. Ma proprio quando Perdono sta per lanciarsi e posarsi a terra, si sente spingere via, lontano. Sono in troppi! C'è troppa gente, ecco il problema! E sono tutti lì, ammassati nel grande parco. Per questo Perdono non può atterrare, per questo non riesce a trovare un luogo adatto dove lasciarsi cadere.

Perdono incomincia a capire. Non era stato lui a respingerlo poco fa e nemmeno un suo alleato per fortuna! Ciò che lo aveva assalito con tanto vigore erano i punti di vista.

«Stupidi, sciocchi punti di vista!» si lamenta Perdono notevolmente rincuorato dalla recente scoperta. «Mi avete spaventato inutilmente! Comunque, meglio così...»

I punti di vista. Facili da evitare se non troppo irrequieti e manifestati tutti insieme nello stesso preciso momento. Ma lì, nel grande parco, sono decisamente troppi. Troppa gente.

I punti di vista. Ognuno sulla Terra esprime il suo. Senza ritegno, senza criterio, senza che venga richiesto. Questo è il guaio. E la cosa peggiore è che questo frastuono, questa confusione non incoraggia certo l'opera di Perdono, ma rischia anzi di mandare completamente a monte la sua missione.

Ora non gli resta che fare del suo meglio per deviarli ed evitare così di essere colpito e punto. Tutto sta andando purtroppo contro le sue previsioni. Ecco, i punti di vista lo spingono lontano, sempre più lontano dal parco.

Un forte boato e poi più nulla.

«Dove sono?» si chiede Perdono frastornato e avvilito «Dove sono finito adesso?»

Dove non aveva intenzione di finire, come sempre. Se gli altri sapessero! Non sarebbe altro che una conferma per loro. Perdono è un impiastro. Atterra sempre nei luoghi più impensati e quasi mai dove ha prestabilito. A volte finge di voler atterrare proprio lì e si mostra entusiasta della scelta, ma solo per orgoglio, solo per non dare prova della sua inesperienza e incapacità.

Povero Perdono! Dov'è finito adesso?

«Mi manca il fiato!» piange e si dimena «Aiuto!»

Perdono è scivolato nell'acqua. Nelle acque profonde di un lago. Ha paura di annegare. Forse perché dimentica che gli angeli non possono annegare. Un altro suo difetto: la scarsa memoria.

«Aiuto!» grida terrorizzato.

«Va tutto bene piccolo, lasciati andare, smetti di agitarti così...»

«E tu chi sei?»

Perdono osserva perplesso la donna. È incredibilmente bella e giovane, fasciata in un lungo abito azzurro che avvolgendola la rende esilissima.

«Che angelo sei?» chiede Perdono confuso dall'apparizione «Non ti conosco... L'angelo dell'Acqua?»

La donna sorride dolcemente.

«Grazie dell'onore che mi fai, Perdono. Ma no, non sono un angelo. Mi chiamo Lilia, sono la signora del lago. Di questo lago.»

Perdono continua ad osservarla, non le stacca gli occhi di dosso. Sembra estasiato, completamente soggiogato dal suo fascino. I lunghi capelli dagli infiniti riflessi, gli occhi d'oro. La donna è probabilmente quello che dice.

Ma se davvero non è un angelo, senza dubbio lo sembra. Perdono infine si distoglie, si guarda intorno.

«Dove siamo?»

«In fondo al lago.»

«Ah...»

Perdono non pare convinto sia possibile ma non la interroga oltre. Si sente quasi intimidito e un po' sciocco. Mille pensieri gli frullano in testa. Queste cose in fondo dovrebbe già saperle! Ma perché nessuno si è preso la briga di spiegargliele? Ma che angelo è se si lascia confondere così da una signora che vive in un lago. O forse... ma sì, forse l'angelo dell'Amore gli aveva accennato qualcosa in proposito. Ma vagamente, davvero... così, di sfuggita. In effetti questa storia del lago non gli è del tutto nuova. Però la sua memoria... si sa! E poi la storia c'entrava talmente poco con lui che forse aveva perso il filo del discorso. D'ora in avanti avrebbe dovuto interessarsi di più alle questioni degli altri angeli, anche se non avevano a che fare direttamente con la sua missione. Una bella signora che vive in fondo a un lago... ma che fantasia!

Imbarazzato dalla situazione, Perdono non osa più guardare la signora negli occhi. Abbassa lo sguardo che viene colpito all'istante dalla vista di qualcosa di scintillante e variopinto.

«Cosa sono?» chiede indicando delle pietre colorate che giacciono all'interno di una piccola grotta.

«Ognuna di quelle pietre ha un significato particolare» spiega Lilia. «Possono essere diversi, infiniti. Possono essere per esempio i desideri inespressi, i sogni delusi, le parole non dette di chi si ferma a riflettere sulla riva del lago. Oppure tantissime altre cose. Le pietre colorate sono pensieri. Pensieri d'amore, d'amicizia, di solidarietà... oppure anche pensieri tristi.»

Perdono, ancora una volta, osserva la signora con occhi sgranati. Anche questa cosa non la sapeva o, peggio ancora, non la ricordava. Si avvicina e tocca le pietre, sono fresche e il loro colore assume una tonalità ancora più brillante.

«I sogni delusi sono blu, così come la tristezza» prosegue Lilia. «Le cose non dette e le speranze naufragate sono solitamente verdi. Ma ricorda che comunque la speranza non muore mai. E anche la tristezza può lasciare spazio alla gioia, al sorriso. Quindi... nulla è stabilito inderogabilmente, nulla è scontato.»

Perdono osserva le pietre affascinato mentre Lilia continua a parlare.

«Non credo che sia necessario che ti riveli qual è il colore dell'amore, vero?»

Perdono annuisce con un sorriso forzato.

"E cosa ne so, io?" si chiede intanto. "Se nessuno mi spiega niente come faccio io a sapere le cose?"

Perdono non conosce il colore dell'amore. Non ne ha proprio idea. Di che colore è l'amore? E chi lo sa? Lui no di certo. Però si mostra sicuro e padrone della situazione. Si sente ridicolo in quella circostanza, ma fare la figura dell'incompetente con la signora del lago ammettendo la realtà annienterebbe del tutto la sua autostima. Meglio lasciar perdere e fingere di sapere. Che angelo sarebbe altrimenti?

Va bene, meglio cambiare discorso.

«Chi sono quelli?» chiede scorgendo un gruppo di persone passeggiare poco distanti.

«Gente che abita qui, ora... ha scelto di vivere qui.»

«Aspetta!» esclama Perdono illuminandosi. «Aspetta un attimo! Adesso sì che mi ricordo; il gioco delle scelte! Lo fai ancora?»

«Se necessario...» ammette Lilia. «Non dipende solo da me.»

«Ho capito!» sospira Perdono. «Anche tu... anche tu hai a che fare con lei... la Madama!»

«Non credo d'avere alternativa» replica Lilia. «In fondo se mi ha trascinata fino a qui e ci ha fatto incontrare, ci sarà pure un motivo.»

«Che intenzioni ha? Vedremo... Ma intanto non capisco! Io non ho bisogno del tuo gioco delle scelte. Sono un angelo io. Un angelo non muore, almeno credo... No, un angelo non muore...»

Perdono è colpito da incertezza e smarrimento.

«Muore un angelo?»

Lilia sorride e gli accarezza i capelli per tranquillizzarlo.

«No Perdono, non credo proprio.»

Che vergogna! Lui, un angelo, che chiede rassicurazioni alla signora del lago!

Perdono cerca di assumere un tono sicuro per recuperare terreno e credibilità.

«Sto cercando qualcosa, sai?» rivela. «Qualcuno...»

«È chiaro.»

«Non sono qui per il tuo gioco delle scelte e del resto la gente qui non ha bisogno di perdono. È già troppo buona e ha già perdonato abbastanza.»

«Lo so... e so anche perché sei qui.»

Non è possibile. Lilia ancora una volta lo prende alla sprovvista, lo batte sul tempo. Il suo silenzio la incoraggia a continuare.

«Sei finito qui perché hai paura di affrontare il mondo terreno.»

«Io... per la verità stavo evitando dei grossi punti di vista.»

Lilia non presta attenzione e prosegue.

«Questo è un mondo alternativo che non spaventa come quello reale. Ma in fondo, cosa è reale e cosa no?»

Lei ha ragione. È tutto vero. In quel mondo non hanno bisogno di lui. Quel mondo possiede già tutte le chiavi, la gente ha già attraversato tutte le prove necessarie. Ha già raggiunto tutto quanto. Si è guadagnata la serenità, la felicità completa.

«Devo andare...?» butta lì Perdono, lasciando la frase in bilico tra domanda e affermazione, quasi volesse che Lilia lo trattenesse anche solo per un po'.

«Devi andare!» replica invece lei convinta.

Il piccolo è deluso ma comprende che è necessario. Solleva il mento e guarda in alto, oltre il blu. È pronto.

«Aspetta un attimo» lo trattiene Lilia allugandosi a raccogliere alcune pietre colorate per poi porgerle a lui. «Tieni queste. Potrebbero esserti utili, potrebbero aiutarti a portare a termine la tua missione.»

«Ma... io non so come usarle...» ammette il piccolo innocentemente «Questi colori...»

«Non ti preoccupare, lo scoprirai» lo rassicura la signora del lago, sfiorandogli la fronte con un bacio. «Sei un angelo, non dimenticarlo mai.»

CAPITOLO 9

«Solo un volo, nell'anima, non lontano atterrerò...»

Destinazione parco. Perdono deve imparare a non avere paura. Le parole di Lilia gli sono servite. Ora non gli resta che tenere gli occhi aperti. Spalancati. La sua ricerca ha finalmente inizio. Qualcuno che porti il perdono nel mondo. Un messaggero. Dove trovarlo?

Atterrare nel parco? Sarà stata una buona idea? Perdono ne è convinto. Essere a contatto con la natura, amare la vita nella sua semplicità è già un punto a favore. Perdono plana con delicatezza e infine atterra. Tutto bene. Quasi non sembra vero che sia filato tutto liscio. Chissà chi saranno i prescelti?

Per fortuna c'è pochissima gente in giro. Quasi nessuno, in effetti. Meglio così. Forse perché si sta facendo sera, sempre più buio. Perdono non è più sicuro di avere fortuna. Se ne stanno andando proprio tutti. Forse sarebbe conveniente per lui trasferirsi da un'altra parte, dove c'è ancora il sole, oppure riprovare un'altra volta.

Decide di rifletterci su. Riuscirà a trovare altrove un parco così bello? Sì, sicuramente sì. La Terra è abbastanza grande, tutto sommato. Ma del resto... Perdono non si spiega come, ma si è fissato in testa l'idea di voler trovare qualcuno proprio lì, a tutti i costi. Chissà perché? Una sensazione, direbbe qualcuno. Un sesto senso, qualcun altro. Ma gli angeli sono dotati di sesto senso? Perdono, tanto per cambiare non lo sa. L'unica cosa di cui è certo è che vuole trovare qualcuno proprio lì. Ora. Se non è una sensazione e nemmeno il sesto senso, la sua è sicuramente testardaggine.

Però resta il fatto che ora si sta facendo sempre più tardi e le poche persone rimaste si stanno avviando verso l'uscita. Chiuderanno i cancelli. Li butteranno fuori, che lo vogliano oppure no. Perdono ha ben poca scelta. Quel che gli rimane da fare è trasferirsi o rimandare. Invece rimane lì, ancora immobile, incapace di prendere una decisione.

«Ciao...»

Perdono sussulta. Si guarda intorno incredulo, prima a destra, poi a sinistra. Infine si volta, quasi di scatto. Si ritrova davanti un giovane dall'aspetto distinto e gradevole, vestito con semplice eleganza. Completo maschile grigio, impermeabile aperto e cappello di una tonalità più scura. Indossa occhiali da vista che donano al suo viso rotondo un'aria intelligente e compita che altrimenti perderebbe a causa di un'espressione ancora troppo fanciullesca.

«Ciao...» risponde Perdono gentilmente. «Come ti chiami?»

«Sesamo. E tu?»

«Io mi chiamo...»

Un attimo! Torniamo un attimo indietro... Com'è possibile? Perdono è un angelo.

«Io sono un angelo...» sussurra più a se stesso che al giovane.

Fin qui nessun problema. L'abbiamo ripetuto all'unisono che Perdono è un angelo, ormai non dovrebbe più essere una sorpresa. Però... il problema vero è che gli esseri umani non dovrebbero essere in grado di vedere gli angeli.

«Cos'è questa storia che tu puoi vedermi?» si informa Perdono alquanto frastornato.

Insomma, gli sembra quasi di perdere credibilità. Prima Lilia che ne sa più di lui su quasi qualsiasi questione, ora questo tizio, questo essere umano che lo vede e lo saluta come se niente fosse.

«Chi sei?»

«Mi chiamo Sesamo.»

«Questo mi è chiaro. Ma come fai a vedermi?»

«Ti vedo e basta!» replica Sesamo con naturalezza. «Sei qui, davanti a me e ti vedo. Sei un bel bambino biondo un po' cicciottello... Ti vedo bene!»

Un bel bambino biondo un po' cicciottello. Ecco, a questo si è ridotto. Perdono si sente fremere di indignazione. Ma il giovane ora sorride con semplicità e con gentilezza gli porge la mano. Sicuramente non aveva alcuna intenzione di offendere. È solo molto, molto spontaneo.

«Io sono Perdono» dichiara il piccolo stringendogli la mano. «Sono un angelo...»

Perdono ottiene così un'altra rivelazione. Il giovane sconosciuto non solo può vederlo, può anche toccarlo.

«Ma tu cosa sei?» indaga dunque.

«Cosa sono?»

«Sì, cosa sei? Anche tu un angelo, uno spirito, un... che ne so... Insomma, cosa sei?»

Sesamo sorride divertito.

«No, no, niente di tutto questo!»

«Allora... proprio non mi spiego! Come fai a vedermi? Ho sentito dire che le persone molto, molto buone possono sentire la nostra presenza, ma tu... mi vedi proprio! E puoi anche toccarmi! Cosa sei?»

«Non sono un angelo e nemmeno uno spirito...» risponde Sesamo abbassando lo sguardo desolato. «Io sono...»

«Sei?»

«Io sono... solo un pazzo, per loro...»

Così dicendo Sesamo si volta e indica con gli occhi alcuni passanti. Perdono segue la direzione del suo sguardo e nota soltanto ora la presenza di un paio di ragazzi che avviandosi lungo il sentiero d'uscita scrutano Sesamo sogghignando e lanciandosi occhiate divertite.

«Perché?» chiede Perdono stupito. «Perché ridono di te?»

«Loro non ti vedono...»

«E allora?»

«Allora, con chi sto parlando io?»

Da solo. Risposta semplice. Talmente semplice che anche Perdono ci arriva subito, senza sforzo.

«Da solo...» ammette tristemente. «Mi dispiace, è colpa mia.»

«No, non ti preoccupare. Succede sempre così» lo rincuora Sesamo. «Non sei tu, sono loro. Loro non vedono, loro non sentono. E allora... il pazzo sono io che invece vedo, sento, ascolto. Percepisco la voce della natura che mi circonda, la magia di un fiore che sboccia, la linfa vitale che scorre all'interno di un albero, nelle sue radici, nelle foglie, il calore di un raggio di sole, l'aria fresca del mattino. Respiro e sento. Sento tutto. Sento troppo, per loro.»

Perdono fissa Sesamo incredulo. Lotta per trattenere il pianto. Sesamo è il primo uomo che incontra. Sesamo è l'unico uomo probabilmente. Uno dei pochi.

«Si sta facendo buio...» osserva Sesamo interrompendo i suoi pensieri. «Sai cosa sogno in una notte così? Quando l'oscurità prende il posto della luce, il giardino assume nuovi colori, nuovi contorni, una nuova vita. Io sogno di ascoltare il vento, di parlare alle stelle, di imparare il loro linguaggio... di essere in sintonia con loro.»

«Ho capito cosa sei...» conclude Perdono osservandolo rapito. «Tu non sei un pazzo... tu sei un poeta!»

«A volte è la stessa cosa...» confessa Sesamo. «Ma grazie, grazie per aver colto la lieve sottigliezza.»

Perdono è commosso dalla rivelazione. Profondamente. Ritiene sia meglio salutare e allontanarsi ora.

«Devo andare.»

«Buona fortuna!»

«Che farai?»

«Resterò qui.»

«Ma... non stanno per chiudere i cancelli?»

«Scavalcherò i cancelli.»

«Ma...?»

«Forse non sai piccolo angelo... voi non siete i soli... Anche un poeta sa volare.»

«Ci rivedremo.»

Perdono lo lascia solo ma continua ad osservarlo da lontano, dall'alto. Lo vede parlare, ancora. Questa volta con uno scoiattolo che sta per arrampicarsi su un albero ma che invece di salire in tutta fretta fino in cima, si ferma all'altezza del viso di Sesamo e lo scruta. Rimane lì sospeso poi decide di continuare la salita. Sesamo lo saluta con un cenno della mano e rivolge la sua attenzione altrove. Fissa la corteccia dell'albero e sorride a qualcuno o a qualcosa. Poi abbraccia l'albero, una grande quercia. Perdono lo osserva incantato e si commuove. La gente lo osserva scettica e passa oltre.

Perdono comprende. Quella di Sesamo è ormai una scelta di vita. Sesamo soffre ma non rinuncia alla strada che si è scelto. Non lo farà mai. Desidera essere al cento per cento persona, al cento per cento coerente con se stesso. Uno spirito semplice e assolutamente libero. Sesamo non accetta l'assimilazione e i compromessi.

Allora forse...? Perdono ha un sussulto. Forse potrebbe essere lui! Lui il prescelto, lui uno dei due messaggeri che lo aiuteranno a portare il perdono sulla Terra. E parlando con lui Perdono non se n'è neanche accorto! Perché? Forse perché ha compreso fin dal primo istante che non potrebbe funzionare.

Perché Sesamo vive per sé. Cos'è in fondo per gli altri? Solo un povero pazzo, uno che parla da solo. Non ha comunicazione con loro, non ha contatti, non lo ascolterebbero. E a lui del resto poco importa. Lui è felice così, nel suo mondo incontaminato e perfetto. Non lo turbano i giudizi malevoli della gente, non lo sfiorano le risate sarcastiche, le accuse ingiuste, gli sguardi ironici. Non prova vergogna alcuna. Sesamo non ha paura mai. Sesamo è un coraggioso. Sesamo vive per sé.

CAPITOLO 10

Il parco è veramente deserto ora. Se ne sono andati tutti. Ma Perdono non riesce a spostarsi da lì, come non trova la forza di distogliere lo sguardo da Sesamo.

Improvvisamente si accorge di non essere l'unico a spiare i suoi gesti. Una folata di vento improvvisa e in un attimo il cappello di Sesamo vola via. Lui sorride e butta indietro la testa.

«Amico vento...» sospira allungandosi per raccogliere il cappello scivolato poco lontano.

«Ecco... tieni il tuo cappello.»

La giovane donna porge il cappello a Sesamo con un gesto lento, quasi meditato. Lo osserva con tenerezza mista a compassione. No, non proprio. Non è esattamente compassione. È stima, rispetto.

«Tu puoi essere quello che vuoi essere.»

È lei. La ragazza. È lei. Perdono l'ha deciso all'istante, a prima vista quasi, e la sua gentilezza nei confronti di Sesamo l'ha confermato. È proprio lei. Ma che ci fa da sola nel parco, a quest'ora, quando tutti ormai hanno abbandonato quei sentieri deserti? Anche Sesamo, infatti, si allontana subito dopo aver ringraziato la ragazza accennando un inchino.

Però lei... rimane lì, sola. Con la grande quercia, sempre protagonista, alle sue spalle. Quanta pace! Ma la ragazza ha un sussulto ed è poi scossa da un brivido. Si piega fino a ritrovarsi seduta per terra, appoggiata con la schiena alla grande quercia. Che accade? Cattivi pensieri. Momenti bui. Un abisso da cui è difficile uscire. E la ragazza vi si immerge totalmente, senza nemmeno tentare di riprendersi, si lascia andare, si lascia vivere. È sommersa ormai.

Perdono la vede, se ne accorge. Non c'è nulla che lui possa fare, nonostante sia un angelo. La ragazza è malata. Malata di tristezza. Per un attimo si rannicchia e poggia la fronte sulle ginocchia.

Perdono crede che sia il momento più opportuno per fare un tentativo. Vorrebbe comunicare con lei, trovare il modo. Anche se apparentemente la ragazza è ancora troppo impegnata, troppo concentrata su se stessa.

Perdono si avvicina. Lei non lo vedrà. Infatti lei non lo vede, sebbene lui le stia proprio davanti, a pochi passi.

«Tu non mi vedi, ragazza, non puoi» bisbiglia Perdono facendosi ancora più vicino. «Ma ascoltami, ho bisogno di te...»

La ragazza improvvisamente solleva il viso e i suoi occhi fissano un punto indefinito nello spazio. Fa un'espressione strana, quasi incerta, come se qualcosa le sfuggisse, come se non si rendesse conto di ciò che le accade intorno.

«Bene!» esclama Perdono. «Mi senti!»

La ragazza accenna un sorriso e si guarda intorno, ancora più perplessa. Nessuno in vista. Proprio nessuno.

«Lo sapevo che ti avrei trovata qui!» dichiara Perdono euforico. «Sei bella e sei buona... sei quella di cui ho bisogno. Ascoltami...»

La ragazza sospira e il suo sorriso si spegne. Sono tornati. I cattivi pensieri sono tornati. Perdono li vede bene schierati, agguerriti e non sa se sarà in grado di cacciarli via di nuovo. Lui è troppo piccolo e loro troppo opprimenti, devastanti.

«Ascoltami, ragazza... Ti prego non pensare al male, al dolore. Lascia che io ti guidi.»

Ma nella mente della giovane c'è troppa confusione, quasi non sa più neppure dove si trova e perché. Nella sua mente c'è gente che parla troppo e troppo in fretta. E lei in mezzo a loro non sa più quale parte recitare, non riconosce più il suo ruolo nel grande teatro della vita. Gente che parla troppo e troppo in fretta. E la sua lentezza, la sua mancanza di argomenti che turba, che provoca, che dà fastidio.

«Dove sono... e perché?» si chiede frastornata «Perché?»

La ragazza si è persa, persa davvero. Ed è persa anche per Perdono. Gli converrebbe forse lasciarla lì e rinunciare. Lei non potrà aiutarlo così com'è, malata di tristezza. Non riesce nemmeno a mantenere viva la sua concentrazione, a comunicare con lei.

Perdono sta già per allontanarsi, anche se a malincuore. Ma qualcosa lo trattiene. Qualcosa di indecifrabile. Sente una voce provenire da lontano, da oltre le nuvole. Una voce che supplica:

«Per favore...»

E poi un'altra voce, più vicina. La voce della ragazza:

«Trasparente come un cielo stellato
è l'amor mio perduto,
lontano come il passato
è l'amor mio perduto.
Lontano
Lontano
Lontano
nel tempo,
dove non dimora
nulla
oltre al ricordo,
oltre al rimpianto.
Il rimpianto che ferisce
Ancora
Ancora
ancora.»

Perdono non riesce a distogliere lo sguardo. Da lei e dalle sue lacrime.

«Mi metterò nei guai...» sospira. «Ma come posso lasciarti?»

Perdono si è già affezionato a lei. Questo lo metterà nei guai. Un angelo non si affeziona. Non sa più dove l'ha sentito e non sa neanche se è vero. Magari è tutta una bugia, un luogo comune, un modo di dire: "Un angelo non si affeziona e se lo fa si metterà nei guai!"

Ma che gli importa dopotutto, lui è ancora piccolo. Ha tutto il diritto di mettersi nei guai. E poi ricorda bene, zia Speranza gli ha dato il permesso di sbagliare! Perché non approfittarne?

Allora, meglio mettersi subito al lavoro! La ragazza ha assoluto bisogno del suo aiuto ora. Ma cosa può fare oltre a parlarle e tentare di risvegliare la sua attenzione? Non può chiedere consiglio a nessuno al momento, non ha tempo di andare da zia Speranza in cerca di soccorso. Deve cavarsela da solo. Trovare una soluzione da solo. Risolvere il problema da solo. Non è abituato e questo lo mette a disagio.

Deve risvegliare la ragazza, la sua concentrazione, ma come? Come stabilire un contatto con lei? Che cosa ha a disposizione? Ma certo! Le pietre di Lilia! Perdono strizza gli occhi e se le ritrova tra le mani. Sono lisce e colorate. Ma quale scegliere? Lilia non gli ha fornito alcuna spiegazione sul come usarle. Ma Lilia non è lì con lui. Nessuno può aiutarlo. È solo con le pietre colorate e la ragazza in lacrime, ormai troppo distratta e confusa per essere raggiunta. Non gli resta che tentare dunque. Da quel che ricorda ogni pietra ha un significato diverso. Allora...

Perdono cerca di ricordare. Blu è la pietra della tristezza, verde della speranza ma anche dei sogni non realizzati e poi... le parole non dette, i sentimenti inespressi di chi si ferma a riflettere in riva al lago... di che colore sono? E l'amore, c'è anche l'amore. E Lilia che ha dato per scontato che lui ne conoscesse il colore. Ma lui che ne sa? Non è l'angelo dell'Amore, lui! È, si suppone che sia, l'angelo del Perdono. In questo caso la situazione non cambierebbe perché pur essendo l'angelo del Perdono non ne distingue il colore. Il colore del perdono? Non sapeva neanche che il perdono avesse un colore. E comunque... quale colore è il più adatto ora, quale sensazione? La ragazza soffre, la ragazza è inguaribilmente triste. Chiude gli occhi e si estrania.

«Insomma...» Perdono si chiede «cosa devo fare con queste pietre?»

Le osserva con attenzione rigirandosele tra le mani, come se avessero il potere di suggerirgli una soluzione.

Ma... quanto tempo è passato? C'è luce intorno! È già l'alba. E la ragazza si è addormentata lì, sotto la grande quercia. Sola. Solo il piccolo angelo ha vegliato su di lei senza saperlo, per tutta la notte. Perdono si ritrova seduto su uno dei rami della grande quercia e la osserva dall'alto.

«Ragazza, ricordi quando ti arrampicavi sugli alberi e osservando tutto dall'alto credevi di poter volare?»

Non sa come queste parole gli siano uscite di bocca. Trattiene ancora tra le mani le pietre colorate, indeciso sul da farsi. Continua ad osservarle. Persiste finché improvvisamente una di esse sfugge al suo controllo. È una delle più piccole, di un tenue colore rosato. Perdono reagisce, lotta per afferrarla, per recuperarla, ma è troppo tardi. La pietra rosa scivola giù fino a raggiungere la fronte della ragazza e a trasformarsi in rugiada. La giovane si desta dal torpore e apre gli occhi. Sbadiglia e si guarda intorno stranita, incredula di trovarsi ancora lì.

«Cosa faccio qui?» si domanda trovando a stento l'energia per sollevarsi. I suoi movimenti sono rallentati, stanchi, ma almeno il senso di oppressione è svanito.

Perdono si chiede quale pietra sia per sbaglio scivolata sul capo della ragazza. Qualsiasi essa sia è servita. La ragazza si asciuga gli occhi ancora umidi, poi si accarezza piano i capelli. Quei suoi gesti ancora così lenti, così trattenuti, preoccupano Perdono. Dubita che lei sia la persona giusta, che lei possa veramente aiutarlo. È così indifesa, così bisognosa di protezione...

Ora basta con i dubbi! È lei. Perdono sceglie lei. Ha deciso e non accetta più ragioni. La raggiunge e le sfiora una guancia per accoglierla in sé, per comunicarle la sua scelta. Lei finalmente sorride e c'è un'infinita pace in quel sorriso. Perdono le accarezza i lunghi capelli neri e lei butta indietro la testa e lascia che sia.

«Ricordo come mi accarezzavi con lo sguardo, come posavi la mano sulla mia testa e la lasciavi scivolare piano tra i miei capelli. Ma ora... è solo il vento. Non importa, va bene, va bene così. È solo il vento...»

Perdono comprende, tocca a lui rispondere. È tempo per un'altra canzone.

«No, non è stato il vento... a sfiorarti i capelli, a toccarti sul viso. Sono io, sono io...»

La ragazza subisce l'incanto. Cos'è, cos'è questo intenso profumo di fiori, di fiori freschi che la avvolge, che la circonca? Lei non sa, non riesce a spiegarsi, non vuole indagare. Crede sia solo l'inizio di una nuova giornata, non immagina sia l'inizio di una nuova vita.

CAPITOLO 11

Perdono deve comunicare la sua scelta a zia Speranza. Proprio a questo scopo è tornato da lei e ora attende titubante davanti alla porta del congresso. Cosa penserà zia Speranza della sua decisione? Approverà la sua scelta? Chissà... Il tempo passa e Perdono si sta facendo impaziente. Ha qualcosa con sé, qualcosa che tiene ben nascosto. Qualcosa che vuole mostrare a zia Speranza. Ne è davvero orgoglioso, gli è riuscito davvero bene, quasi non sperava tanto. Non vede l'ora che si veda. È il ritratto della ragazza.

Sia quel che sia, Perdono è soddisfatto della sua opera. Ma intanto è ancora lì, in trepida attesa che la porta del congresso si apra. Si augura soltanto che zia Speranza non sia troppo occupata per riceverlo. Socchiude gli occhi. Ed è in quel momento, proprio in quel preciso istante, che comprende di non essere solo. Li sente vicini ora, così vicini che quasi possono sfiorarlo. Le loro voci lo confondono, lo turbano. Non comprende cosa pretendono da lui. Quali richieste possono avanzare nei suoi confronti queste due ombre? Sono ora sempre più distinte, protendono le loro braccia verso di lui.

Perdono si sente in imbarazzo, inadeguato quasi. Non si è mai trovato in una situazione tale, prima d'ora. E la porta del congresso non si apre, sicuramente zia Speranza è troppo impegnata. Non può ricevere alcun suggerimento da lei.

E le ombre si avvicinano, prendono forma. Sono coraggiose, audaci, hanno bisogno del suo aiuto. Allora non era solo una sensazione... quella voce, una delle due voci che ora supplicano il suo aiuto l'aveva già sentita, quando si trovava al cospetto della ragazza. Aveva percepito la sua presenza, aveva avvertito quella supplica così vibrante. Scegliere la ragazza, quella ragazza. Ma perché? A chi appartiene quella voce? Era la voce del giovane che lo pregava di non abbandonare la ragazza quella notte. La ragazza malata di tristezza aveva, ha bisogno della sua protezione. E a quanto pare non è la sola.

L'ombra del giovane, infatti, non è l'unica a supplicare l'aiuto di Perdono. Un'altra ombra è al suo fianco... un'altra ombra richiede il suo intervento. È l'ombra della madre che ora si spinge ancora più avanti, osa avvicinarsi ancora di più e gli indica il cammino. Dove trovare l'altro suo messaggero, dove raggiungerlo. Perdono si chiede se riuscirà a riconoscerlo. Ma in fondo, dentro di sé non ha alcun dubbio. Come la voce del giovane innamorato lo ha supplicato di scegliere la ragazza, la voce della madre guiderà i suoi passi verso il ragazzo. La scelta di Perdono sarà così completa.

Il piccolo angelo è entusiasta ed emozionato. La ragazza e il ragazzo, due comuni esseri umani. Due semplici persone che guidati da un angelo porteranno il perdono nel mondo. Due anime che non si sono mai incontrate ma hanno molto in comune, un legame profondo. Hanno conosciuto un amore infinito. Sono stati amati di un amore infinito.

CAPITOLO 12

Perdono parte ispirato. Decide di seguire l'istinto. Deve trovare il ragazzo ora e mettersi d'impegno per raggiungere lo scopo. Non avendo idea di dove lui si trovi non sa da che parte iniziare. Si ferma un attimo a pensare cercando di raggiungere la concentrazione.

Dove? Dove trovare il ragazzo? Seguire l'istinto è l'unica pista. L'ispirazione. Dove lo porterà? Perdono si lascia cadere, lentamente. Si lascia scivolare piano. Continua a pensare che in fondo è solo un volo, come le altre volte. Questo lo rassicura. Il ragazzo gli capiterà davanti prima ancora che lui se lo aspetti. E allora capirà, capirà che è lui. Sentirà qualcosa, probabilmente, proprio come è avvenuto con la scelta della ragazza.

Ecco, Perdono è atterrato. Ma dove? Non più in un giardino. Una casa. Chissà se c'è qualcuno? Che importa, tanto quasi sicuramente non lo vedranno. Perdono si lascia calare giù dal tetto ed entra di soppiatto da una finestra semiaperta. Disturbo inutile, tanto nessuno lo vedrà. Nessuno lo vedrà perché comunque la casa è abbandonata. Deserta.

«Sto solo perdendo tempo qui!» si rimprovera «Che sciocco... Ma cosa mi ha spinto in questa casa vuota? Non importa, meglio andare.»

Nonostante i buoni propositi la sua naturale curiosità lo spinge a dare un'occhiata in giro. Perché no, del resto? È già lì. Non aveva mai visto una casa abbandonata prima d'ora. Chissà quali tesori nasconde...

Perdono si perde tra vecchi soprammobili disposti su ancora più vecchie mensole, scaffali chiusi da anni e stoviglie ormai inutilizzate. Allora inizia ad aprire qualche cassetto. Ma insomma, curiosare tra i resti di una casa abbandonata non è poi un'esperienza entusiasmante come credeva. È anzi particolarmente noioso e Perdono sta per assopirsi.

Ma all'improvviso lui! Eccolo! L'attenzione di Perdono viene risvegliata. L'angelo incontra quei grandi occhi chiari e il visetto paffuto un po' imbronciato. Una lacrima trattenuta a stento. È il ritratto di un bimbo, lasciato a giacere sul fondo di un cassetto. Sembra vecchio di vent'anni o forse più. Chissà dove si trova ora, chissà che n'è stato di lui. Sicuramente quel bimbo non abita più lì da tempo.

Perdono si sente scuotere da un brivido improvviso. Di certo il bimbo del ritratto ora non sarà più un bimbo. Sarà un ragazzo, adesso. Sarà... il ragazzo. Lui. Perdono non distoglie lo sguardo da quei lineamenti infantili. Finché una voce, una voce tenera, soave, intona una dolce melodia.

«Non piangere, bambino mio... Questo male passerà, se ne andrà. Dormi ora, mio piccolo amore, dormi qui vicino al mio cuore...»

Questa voce Perdono l'ha già sentita. Ne è sicuro, è la voce della madre. Non ha più dubbi, anche se in verità non ne ha mai avuti. L'ha compreso fin dal primo istante. Il bambino del ritratto è il ragazzo. Quella era la sua casa ma ora, ovviamente, lui non abita più lì. Dove sarà? Perdono decide di essere ottimista. Ora sa che è lui quello che sta cercando, non gli resta che trovarlo.

Gira e gira ma la ricerca di Perdono non ha ancora dato esito. Gira per le strade, per le città, incontra tanta gente. Osserva. Indaga. Scruta. Tanti ragazzi ma non il ragazzo. Perdono cerca di farsi forza, di non lasciarsi andare, di non lasciarsi prendere dallo sconforto. Sarebbe così facile.

«Dove sei?» si domanda esausto. «Dove sei, ragazzo?»

Perdono ha bisogno di riposo. Di riposo e ispirazione. Di un luogo tranquillo dove riflettere. Forse un giardino. Perché no? Dall'alto osserva. Ce n'è uno poco lontano. Eccolo là, lo vede apparire all'orizzonte. Una macchia verde che si allarga sempre più. Niente di meglio. Niente di meglio di un giardino deserto. Forse è presto, troppo presto. È l'alba in quell'angolo di mondo.

Perdono è stanco. Ha vagato ovunque, qua e là, in cerca del ragazzo senza successo. Prima nelle vicinanze della casa abbandonata, poi lontano, sempre più lontano. Ma del resto era prevedibile. Chissà ormai dove sarà, cosa ne sarà stato di lui. Come rintracciare un ragazzo di cui si possiede solo un ritratto di bambino?

Perdono sospira. Va bene, non è un'impresa facile per un comune mortale, ma lui in fondo è pur sempre un angelo! Perché rendergli le cose così complicate? Perché non lasciare che tutto vada nel verso giusto come accade di solito a tutti gli altri angeli in tutti gli altri libri? Gli altri angeli sanno tutto. Perdono non sa niente, neanche le scarse nozioni che un angelo dovrebbe conoscere per farsi rispettare come tale.

Perdono attraversa il giardino immerso nelle sue riflessioni. Non sa ancora dove atterrare. È troppo teso, nervoso e confuso per pensarci.

Primo sbaglio; un angelo non è mai nervoso e confuso. Un angelo non prova sentimenti così umani e contrastanti come nervosismo e confusione. Lui lo sa. Ma che ci può fare?

Un essere minuscolo lo saluta con la mano. No, non è un essere minuscolo! Avvicinandosi Perdono si rende conto che si tratta di Sesamo che sollevando il viso l'ha riconosciuto.

«Ciao, dove stai andando?»

«Da nessuna parte. Ho bisogno di...»

Riflettere. Riposo. Di cosa ha bisogno Perdono? Nemmeno lui lo sa o forse non vuole ammetterlo. Un angelo non ha bisogno di riflettere, di riposo. Che reputazione si farebbe? Cosa penserebbe Sesamo di lui?

«Ho bisogno di rintracciare una persona» conclude Perdono. «Ma tu... cosa fai qui? Quando ti ho lasciato nell'altro giardino eravamo dall'altra parte del mondo.»

«Un poeta non conosce spazio, non conosce tempo» replica Sesamo, senza scomporsi.

Perdono annuisce. Sì, certo, che sciocco! Un poeta non conosce spazio, non conosce tempo. Un poeta vaga attraverso lo spazio e il tempo. È più che naturale. Un angelo queste cose dovrebbe saperle! Dovrebbe? Comunque sia, Perdono è felice ora di essere visto da qualcuno che lo conosce. Si sente rincuorato. Perdono detesta ammetterlo ma soffre di solitudine. Ora non vuole più interrogarsi, non vuole chiedersi se un angelo ha il diritto di soffrire di solitudine. Non lo sa. Sa solo che è così per lui.

«Cosa fai qui Sesamo, così presto?»

«Sto cercando...» risponde Sesamo «un luogo tutto mio, un giardino fiorito dove non essere più deriso o frainteso.»

«Sono certo che lo troverai, a suo tempo» lo incoraggia Perdono, cercando di assumere il tono di voce e la gravità che si addice a un vero angelo.

«Il mio desiderio più profondo» replica Sesamo «è ascoltare il vento e parlare alle stelle.»

Questa cosa non gli è nuova. Perdono aveva già sentito questa frase da Sesamo. Anche se in effetti deve ammettere di non sapere cosa l'amico intenda esattamente, deve fingere di comprendere.

«Vorrei essere esaudito...» implora Sesamo fissando Perdono negli occhi «Vorrei essere...»

«Porterò il tuo desiderio in cielo» lo interrompe Perdono.

Questa conversazione lo mette a disagio, lo fa sentire inferiore. Teme che Sesamo ne sappia più di lui in materia. Teme che Sesamo tutto sommato sia più angelo di lui.

Lo sguardo terrorizzato di Sesamo interrompe istantaneamente i pensieri di Perdono che al momento non comprende il motivo del suo turbamento.

«Cosa succede?» domanda perplesso.

Sesamo non risponde ma deglutisce a fatica e sgrana gli occhi.

«Cosa...?» insiste Perdono.

Sesamo scuote il capo e indietreggia, mantenendo quello sguardo fisso e spaventato.

È in quel momento, solo in quel momento, che Perdono si rende conto della situazione. Poco prima non li aveva visti e nemmeno sentiti muoversi alle sue spalle. Ora li vede, li vede bene e sente i loro passi dirigersi svelti verso Sesamo.

Il primo lo strattona facendolo quasi scivolare per terra. Il secondo lo afferra per le spalle e gli blocca le braccia dietro la schiena. Il terzo non fa nulla, guarda e tace. Ma osserva tutta la scena sogghignando; forse è il capo della banda. È il più alto, il più forte. Anche Perdono osserva la scena ma è tutt'altro che divertito. Non può fare nulla. Non esiste. Non è visibile agli occhi dei tre teppisti, quindi non esiste.

Ora Perdono vorrebbe, vorrebbe tanto poter o saper usare una magia o qualcosa del genere. Non può fare magie perché non conosce magie. Perché Perdono non è un mago. È solo un angelo. Un angelo bambino che non sa fare magie. Potrebbe saper parlare ai cuori ma fare magie... no, proprio non è il suo campo.

Però deve fare qualcosa, non sopporta di vedere Sesamo malmenato e deriso. I tre intanto frugano nelle sue tasche. Quando scoprono che Sesamo non possiede nulla di valore si scatenano ancora di più. Sono molto, molto arrabbiati. Forse ubriachi. È l'alba. Non c'è nessuno intorno. Solo Perdono che però non esiste. Deve fare qualcosa? Intervenire. Ma come?

Perdono cerca di mettersi in mezzo e di spingere via uno dei tre, con tutta la forza che possiede. Naturalmente il suo impegno è inutile. Non esiste. Lo attraversano senza toccarlo. Esiste però per Sesamo che nonostante il tentativo fallito apprezza il suo intervento.

«Grazie...» sussurra con un sorriso stentato.

«Grazie di che?» ride uno dei tre, il secondo per l'esattezza «Questo è tutto matto!»

«Ma guardalo, non lo riconosci?» esclama il primo. «È lo scemo del parco! È sempre qui, a tutte le ore!»

«Ah già, è vero! È proprio lui!» replica il secondo.

Solo il terzo, quello che osservava la scena, non parla. È rimasto lì immobile e ora fissa Sesamo con aria perplessa, stralunata.

«Chi ringraziavi?» chiede a un tratto «Perché?»

«Non voi!» risponde Sesamo con prontezza.

«Chi ringraziavi? Dimmelo!» esplode il terzo furioso stringendogli le mani intorno al collo. «Dimmelo!»

«Non te...» bisbiglia Sesamo sfidandolo.

Perdono deve intervenire. Deve per forza. Incomincia a prendere a calci il terzo. Lo colpisce forte, negli stinchi ma ovviamente quello neanche se ne accorge. Questo provoca però un sorriso gioioso sulle labbra di Sesamo che si sente difeso da qualcuno per la prima volta.

«Perché ridi così adesso?» lo assale il terzo ancora più infuriato «Ti diverti?»

«Forse ti sta prendendo in giro!» suggerisce il secondo allo scopo di innervosirlo ulteriormente.

«Dovresti rovinarlo per sempre quel sorriso idiota!» consiglia il primo soddisfatto della sua trovata.

La faccenda si sta facendo seria. Perdono è solo riuscito a peggiorare le cose. Ma che angelo è?

«Che angelo sono?» Soffre elevandosi verso il cielo.

A questo punto dovrebbe inventarsi qualcosa, una formula magica del tipo "Abu ami bumbù... brutti cattivi sparite da laggiù!"

E ci prova davvero, tanto cos'ha da perdere? Non funziona. E ci mancherebbe altro! Perdono non è un mago... è un angelo! Inutile sottolineare l'ovvio. Ma allora, che fare?

Certo, avrebbe dovuto pensarci prima, molto prima. Magari altri, tanti altri a quest'ora ci avrebbero già pensato da un pezzo. Magari muoiono dalla voglia di gridargli:

«Muoviti! Le pietre! Le pietre di Lilia!»

Ma Perdono è lento di riflessi. È un angioletto lento e paffuto. Non ci era ancora arrivato. Ci arriva solo adesso. Meglio tardi che mai! Le pietre di Lilia. Allora, tutto sommato, possiede anche lui un'arma, una magia.

Le pietre di Lilia. Sì, ma quale pietra di Lilia? Quale in questa occasione?

Perdono le osserva attentamente, come se queste potessero parlare e fornirgli una soluzione.

«Scegli me! Scegli me!»

Sono tutte uguali quasi. Cambia solo il colore. Rosso, verde, giallo, azzurro, turchese. Sfumature lievi, impercettibili a volte. Non sono tutte uguali. Quale scegliere? Perdono non conosce il significato dei colori. Sono un mistero per lui. La pietra della ragazza gli era scivolata dalle mani per caso e aveva funzionato. Era rosata. Ma ora? Quale colore? Per un attimo Perdono è tentato di buttarle giù tutte insieme sulla testa di Sesamo.

"Male non faranno!" pensa "Spero..."

Perdono riflette. Sesamo ha il cuore puro. Come un bambino. Come un giglio. Il giglio è bianco. Bianco. Simbolo di purezza. Bianco. Il colore più adatto a Sesamo.

Ecco fatto! Doveva solo meditarci un poco! Era così semplice. Senza pensarci due volte Perdono scaraventa la pietra bianca sulla testa di Sesamo. La mira di Perdono è pessima. La pietra, infatti, evita Sesamo per colpire il terzo ragazzo dritto in fronte con un tonfo secco.

«Che male!» urla il malcapitato indietreggiando fino a cadere disteso al suolo.

E lì rimane immobile, con gli occhi sgranati, senza trovare più la forza per reagire. Estasiato. Cosa vede, se qualcosa vede?

«Non è troppo lontano, sta tornando. La vedo. La sento. Ascolto. La rabbia. La delusione. Svaniranno? L'amarezza. Questa tremenda piovra che invade, che risucchia. Che non mi lascia mai, neanche un attimo. Che non mi dà pace né respiro. Il risentimento è così forte in me, mi brucia. Ma... questa musica, scende leggera, dall'alto. La vedo. La sento. Ascolto.»

L'orrore si dipinge sui volti degli altri due.

«È impazzito!» grida il primo terrorizzato.

«L'ha contagiato!» stabilisce il secondo, lasciando andare Sesamo «Scappiamo!»

Perdono ce l'ha fatta. In qualche modo. I due si sono allontanati di corsa. Il terzo si risolleva.

«Proteggi gli indifesi, lei mi diceva» sospira ancora, scosso. «Ero solo un bambino e lei era con me. Proteggi gli indifesi, mi diceva.»

Perdono ha le lacrime agli occhi. Incredibile, si è commosso di nuovo. Ma quale pietra ha lanciato a Sesamo per poi finire sulla fronte del terzo ragazzo? Lui non lo sa, non ancora. Ha seguito l'istinto, forse sbagliando un po'. Meglio di niente. Ma noi possiamo rivelarlo, anche a sua insaputa. Era la pietra del ricordo. Il terzo ragazzo ha ricordato la sua infanzia. Era un bambino.

Era il bambino. Quello del ritratto. Quello che Perdono ha trovato nella casa abbandonata. Ora è il ragazzo. Quello che lui ha cercato ovunque, senza sosta. L'ha trovato, finalmente. È lui. È lì, ancora un po' sconvolto, incredulo, sconcertato, ma è lui.

«L'ho trovato...» canta Perdono. «Finalmente, eccolo, è lui, è lui, è qui... davanti a me!»

Il ragazzo chiude gli occhi.

«Suona, suona ancora per me. Questa musica...»

Il ragazzo ascolta una musica dolce, soave. Le note di un pianoforte suonate da due mani amorevoli. Due mani che si occupavano di lui, che gli accarezzavano il viso bambino. Ma poi... solo schiaffi, solo lacrime su quello stesso viso.

«Questa musica...»

Una lacrima scivola, rotola giù. Perdono allunga la mano per asciugare gli occhi chiari del ragazzo. In quello stesso istante lui si sfiora il viso. Percepisce il contatto e trema.

«Resta con me...»

Poco lontano scorge una grande quercia. Decide di sedersi lì a riposare, a respirare l'aria di un nuovo giorno, di una nuova vita.

CAPITOLO 13

Perdono è impaziente. Ed entusiasta. Si è recato nuovamente da zia Speranza. Spera di essere ricevuto, questa volta. Spera che lei non sia troppo impegnata. Desidera comunicarle le sue scelte e più di ogni altra cosa desidera la sua approvazione.

Perdono è costretto ad attendere in fila fuori dalla sala del congresso. Altri angeli prima di lui necessitano l'intervento e i consigli di zia Speranza. Anche se per lui è la cosa più importante, il suo caso non è considerato di un'urgenza tale da ricevere la priorità assoluta. Va bene, Perdono si rassegna. Aspetterà.

Ecco, finalmente la fila si snellisce fino ad estinguersi. L'ultimo angelo rimasto prima di lui è l'angelo della Gioia. Chissà, forse è di buon auspicio. Perdono però si chiede anche se quest'angelo dall'aspetto così radioso e solare ci metterà molto ad esporre a zia Speranza le sue ragioni e ad andarsene lasciando a lui campo libero. Chissà...

«Tutto bene?» domanda cercando di sembrare naturale.

«Certo!» risponde l'altro sorridendo lieto.

L'angelo della Gioia è l'immagine della felicità. Beato lui!

«Nessun problema allora?» indaga Perdono che in realtà vuole soltanto sapere quanto altro tempo dovrà aspettare.

«Non proprio...»

Perché non parla chiaro? È l'angelo della Gioia non quello del Mistero. Forse perché a volte la gioia è un mistero? Chissà...

La porta del congresso si apre per ricevere l'angelo della Gioia. Perdono non ha tempo di replicare e nemmeno si interroga. Il mistero non lo riguarda. È troppo preso dai suoi problemi, dai suoi prescelti. Saluta l'angelo della Gioia con la mano.

«Voglio cantare la gioia, la gioia, la gioia...»

"Questa non mi è nuova..." medita Perdono "dove l'ho sentita?"

Forse una poesia, oppure una canzone. Non ha poi molta importanza. Non gli resta che attendere.

«Finalmente!» esclama rapito. «Finalmente!»

È il suo turno. Finalmente.

«Li ho trovati!» grida entusiasta appena varcata la soglia.

Zia Speranza non sembra corrispondere il suo entusiasmo. Se ne resta rintanata in un angolo della sala e al suo rumoroso ingresso alza appena gli occhi.

«Sei sicuro?» sospira con un filo di voce.

«Ma certo!» esclama Perdono raggiungendola in pochi istanti e saltandole allegramente intorno. «Sono loro!»

«Come fai ad esserne così convinto?» lo interroga zia Speranza dubbiosa.

«Lo so, lo so!» replica Perdono, gesticolando animatamente. «La ragazza è tanto carina e dolce e anche un po' triste. E il ragazzo... lui è alto, forte e tormentato... Sono perfetti!»

«Perfetti per cosa, Perdono?» indaga zia Speranza.

«Perfetti!» risponde Perdono, senza comprendere dove zia Speranza voglia arrivare.

«Te lo ricordi lo scopo della tua missione, vero Perdono?»

«Come no! Devo crescere!»

Zia Speranza sgrana gli occhi e lo osserva con aria di rimprovero.

«Come hai detto?»

«No, scusa, scusa... Lo scopo della missione è portare il perdono nel mondo, spingere la gente a perdonare. Giusto?»

«Giusto...» conferma zia Speranza scuotendo il capo. «Il punto è... quei due ti sembrano all'altezza?»

«Perché no?»

Perdono osserva attentamente l'espressione vaga di zia Speranza. Perché dubita tanto dei suoi prescelti? Perché non prova anche lei i suoi stessi sentimenti per loro? Ma... in effetti... A un angelo è consentito provare sentimenti? Questo Perdono non se lo era mai chiesto, ma ora... Il piccolo angelo è davvero confuso.

«Perché li hai scelti Perdono?»

«Ho sentito qualcosa...» rivela Perdono decidendo di essere totalmente onesto. «Un'ispirazione, un'emozione profonda, intensa... non so spiegare...»

«Ti ripeto la domanda, Perdono. Credi che i tuoi prescelti siano adatti al compito?»

Perdono comincia a sentirsi sotto pressione. Lo sguardo fermo di zia Speranza lo mette a disagio. Avrà fatto la scelta giusta?

«Ti sei lasciato influenzare da qualcosa o da qualcuno?» persiste zia Speranza.

Perdono non sa rispondere. Non osa rispondere. In effetti... forse...

«Lascia che ti spieghi, zia Speranza. Tu non li conosci...»

«Li conosco bene invece» lo sorprende Speranza prevedendo la sua risposta.

Da un cassetto nascosto all'interno del grande tavolo zia Speranza estrae due ritratti. Il ragazzo e la ragazza.

«Sono loro...» ammette Perdono sorpreso. «Ma come...?»

Zia Speranza solleva i due ritratti.

«Allora Perdono, sei davvero sicuro che siano adatti?»

«Sì! Sì, è vero... qualcuno ha guidato la mia scelta, ma loro... Sì, sono proprio sicuro! Sì, sono loro!»

«Lei è molto carina, dolce e un po' triste. Lui è alto, forte e tormentato. Queste sono state le tue parole, Perdono.»

«È vero, ma...»

«Lei ha paura, una paura tremenda. E lui è arrabbiato, molto arrabbiato. Ecco la verità sui tuoi grandi eroi, piccolo Perdono!»

«Lo so...» conferma Perdono non osando negare la realtà dei fatti. «Lo so bene che lei ha paura e che lui è arrabbiato. La verità è che sono entrambi troppo spaventati. Ma qualcuno... Qualcuno mi ha chiesto di proteggere lei e di aiutare lui a vincere il risentimento, di guidarlo verso la strada giusta. Ecco, adesso sai proprio tutto!»

Zia Speranza finalmente sorride.

«Bene, alla fine ci sei riuscito a dire la verità.»

«Mi dispiace...» replica Perdono sulla difensiva. «Ma io non voglio rinunciare a loro.»

«Cosa ti sei messo in testa Perdono?»

«Cosa vuoi dire?»

«Con quei due... Perdono, questa non è una storia d'amore!»

Perdono sospira contrariato alla notizia.

«Dalla tua descrizione entusiasta sembra che tu abbia in mente una storia d'amore tra loro. Sarebbero in effetti i personaggi giusti.»

«Perché?» domanda Perdono perplesso. «Non capisco.»

«Perché non dovevi sceglierli in base a una visione romantica, ma in base al potere che avranno di portare il perdono nell'umanità. Probabilmente quei due non si incontreranno nemmeno.»

«Perché no? Sarebbe bello se...»

«Perdono! Tu non sei l'angelo dell'Amore, la tua missione è un'altra. Te lo ripeto per l'ultima volta. Questa non è una storia d'amore! Per cui non aspettarti nulla del genere.»

«Non lo è...»

«No, non lo è. Non nel senso classico, per lo meno. Nel senso che due si incontrano, si innamorano, si perdono, si ritrovano, si perdono di nuovo, si cercano e solo dopo svariate e innumerevoli peripezie si ritrovano nuovamente per non lasciarsi più. No, piccolo Perdono, non ci pensare proprio! Non sarà così. Come ti ho già detto... molto probabilmente i tuoi protetti non si incontreranno mai.»

Perdono davvero non comprende la preoccupazione di zia Speranza e la osserva allibito. Però cerca di tranquillizzarla come può.

«Va bene, va bene... ho capito. È tutto chiaro. È senz'altro come dici tu. Questa non è una storia d'amore.»

«Bene, sono contenta che le cose si siano chiarite ora. Dopo tutto ciò che è stato detto, Perdono, sei ancora convinto che i tuoi prescelti siano adatti alla tua missione?»

Perdono annuisce convinto. Nonostante il lieve disappunto per la sfiducia di zia Speranza, nonostante la consapevolezza che i suoi protetti non saranno coinvolti in questa storia d'amore, è più sicuro che mai di aver fatto la scelta giusta. Ora saluta zia Speranza con un cenno della mano e si volta per andarsene.

«Ancora una cosa, Perdono...» lo trattiene lei, con espressione ansiosa. «Non dimenticare... sai anche tu cosa...»

«Cosa?»

«Lo sai, può essere pericoloso e attaccare quando meno te lo aspetti.»

«Ah, sì...»

L'indifferenza di Perdono preoccupa zia Speranza.

«Devi imparare a riconoscerlo, Perdono. Quante volte te l'ho ripetuto? Devi fare molta attenzione, di certo tenterà di ostacolarti.»

«Va bene...»

Zia Speranza si rende conto che Perdono non la sta ascoltando, ha accolto la sua raccomandazione con leggerezza, ha troppa fretta di andarsene, di cominciare il lavoro.

Infatti, eccolo là in fondo, la porta si chiude sul suo sorriso furbo ma innocente.

"Occupati di loro, angelo bambino" medita tra sé zia Speranza. "Ne hanno bisogno. E tu, sei così piccolo..."

Perdono intanto si complimenta con se stesso, è soddisfatto di come è riuscito a difendere gli interessi dei suoi protetti. Sente di essere già sulla buona strada.

«Grazie...» All'improvviso percepisce il suono di due voci che lo raggiungono da lontano.

Perdono solleva il viso attento, guarda in alto, oltre le nuvole, riconosce quelle voci. Sta già volando, ormai non ha più paura di volare. È solo un volo infine.

«Non vi deluderò...» promette, facendosi serio.

"Questa non è una storia d'amore..." riflette tra sé subito dopo. "Così ha detto zia Speranza. Quei due probabilmente non si incontreranno mai. Va bene, se deve essere sia. Però..."

Perdono si sta avvicinando sempre più, sta planando dolcemente, è quasi atterrato. È in quel momento che viene scosso da un altro pensiero improvviso.

"Un attimo... zia Speranza l'ha ripetuto tante volte e io non ho avuto il coraggio di chiederglielo e ho fatto finta di capire. Ma... che cos'è? Che cos'è davvero una storia d'amore?"

CAPITOLO 14

Cosa importa? Probabilmente lo scoprirà presto. Che cos'è una storia d'amore? Chissà... Perdono conosce Amore, l'angelo dell'Amore, sa che è molto impegnato, che da sempre si dà un gran da fare. Ma una storia d'amore? Chissà... Che cos'è davvero una storia d'amore?

Perdono si augura che non sia nulla di pericoloso e complicato. Zia Speranza sembrava così tesa, spaventata. Come dell'altra cosa, quella davvero cattiva, quella che tutti gli angeli buoni quasi temono a nominare. Lui. Il Dominio. Lui. Quello che fa male e non ha paura né ritegno né vergogna. Dev'essere proprio brutto, il Dominio, orribile, orripilante, odioso...

Perdono se lo immagina così brutto e cattivo che quasi non riesce a dargli una forma, una dimensione e nemmeno un colore. Ma in fondo, non è proprio il caso. Meglio non pensarci, fare finta che non ci sia. Perché preoccuparsi così, inutilmente? Cosa dovrebbe mai volere questo essere da lui? Perdono sorride allegro. Deve iniziare la sua opera. La più grandiosa e importante che lui abbia mai svolto. Chi oserà fermarlo? Nessuno!

Nessuno? Certo, viene proprio da ridere a osservare questo piccolo angelo impertinente. Viene quasi voglia di bloccare tutto fin dall'inizio, di rovinargli la festa sul nascere. Ma chi si crede di essere? In tutto questo tempo non è stato neanche in grado di crescere, nemmeno un po'. Invece lui... Sì lui è grande, è altissimo, è potente. Non conosce limiti. È il re dell'intrigo. Il Dominio scuote il capo contraendo le mascelle. Poi per concentrarsi poggia il mento tra l'indice e il pollice. No, piccolo angelo sciocco, non ce la farai. Portare il perdono nel mondo, che assurdità! Mai sentito niente di così ridicolo e imbarazzante!

Ma perché fermare tutto ora? Meglio lasciarlo illudere ancora un po'... Poi sarà più divertente stroncarlo, spezzargli le ali. La sua sarà una caduta rovinosa, distruttiva. Con un po' di fortuna non si riprenderà più, si rassegnerà e non oserà mai più immischiarsi e infastidirlo. Buona idea!

Dominio è soddisfatto del proprio malvagio piano. Lo fa sentire ancora più grande, più bello, più agguerrito, più malvagio, più meschino che mai.

Su una cosa Perdono non s'inganna. Dominio non ha forma, né dimensione, né colore. Dominio ha mille forme, mille dimensioni, mille colori. E sadicamente li indossa e li scambia a suo piacimento. Cambia faccia, contro tutto, con superba eleganza si eleva sul resto del mondo. Domina il tutto, lo divora. Senza motivo e con mille motivi. E ora purtroppo, come temeva zia Speranza, si è armato contro Perdono e la sua missione. È già partito all'attacco. Era prevedibile, del resto. Perdono sarà presto in pericolo ma il piccolo angelo nella sua beata incoscienza ancora non lo sa.

CAPITOLO 15

Perdono deve riprendere il contatto con la realtà. Con la realtà terrena. Poco alla volta. Un passo dopo l'altro. La solitudine gli pesa. Non gli è concesso tornare indietro se non per un breve resoconto a zia Speranza sul suo operato. Per questo approfitta di quel poco tempo per parlare con qualcuno. Con qualcuno che lo veda, che lo senta. Sulla Terra tutto ciò non è possibile, non può avvenire. Perché l'unico essere umano che può vederlo è Sesamo. Ma Sesamo, per l'esattezza, è davvero un essere umano? Perché, a differenza di tutti gli altri, lo vede, lo sente?

Perdono comincia ad avere seri dubbi. Era talmente preoccupato a difendere la causa dei suoi protetti con zia Speranza che non le ha nemmeno minimamente accennato dell'incontro con Sesamo. Nessun problema, sarà per la prossima volta. Tanto Sesamo non sfugge da nessuna parte. O meglio... sfugge ovunque, viaggia nello spazio e nel tempo e Perdono in fondo sa che lo ritroverà sempre.

Un altro mistero... come fa Sesamo a trovarsi sempre in posti così lontani l'uno dall'altro? Infatti eccolo lì, di nuovo, sempre lui! In un altro giardino che non è più quello della ragazza né quello del ragazzo. Mistero. Però meglio non indagare. A volte i misteri sono fatti per rimanere tali. Ogni cosa a suo tempo.

«Ciao!» lo saluta Perdono piombandogli davanti all'improvviso, quasi per coglierlo di sorpresa.

«Ciao!» risponde Sesamo per nulla stupito di ritrovarselo anche lì.

Sembra quasi che Sesamo l'abbia sentito arrivare ancora prima di vederlo. Ora solleva il cappello, accenna un inchino e sorride. E il suo sorriso è così vero! Così com'è lui. Sesamo vive senza paura. Sesamo vive. Vivere senza paura è l'unico modo in cui vivere.

Perdono rimane incantato ad osservarlo, ancora una volta. Dovrebbe essere l'opposto. Dovrebbe essere lui, un angelo, a impartire una lezione a Sesamo. Invece è proprio Sesamo a insegnare a lui, ogni volta che lo incontra.

Perdono riflette. Ha trovato prima la ragazza e poi il ragazzo in presenza di Sesamo. In entrambi i casi lui c'era. Esisterà un senso in tutto questo, una connessione? Perdono è confuso, non vuole pensarci ora. O forse... sarà perché Sesamo in fondo è l'unica persona vera che lui ha incontrato? Sesamo non teme di essere giudicato, non accetta l'assimilazione, non ha paura. È un coraggioso, non teme di essere quello che è.

E ora Sesamo è proprio lì, davanti a lui, lo fissa quasi come se volesse interrogarlo e lo scuote delle sue meditazioni.

«Tutto bene?» gli domanda infatti.

«Sì!» risponde Perdono mantenendo un'espressione seria e concentrata. «Li ho trovati...»

«Bene!» esclama Sesamo entusiasta. «Sono felice!»

Perdono è stupito dalla prontezza dell'amico.

«Sai di chi parlo?»

«So che li stavi cercando...» risponde Sesamo voltandogli le spalle e riprendendo il suo cammino.

Perdono rimane immobile mentre lui lentamente si allontana.

«Perché non vieni con me?» lo incoraggia Sesamo fermandosi all'improvviso. «Seguimi.»

Perdono sorride e acconsente. Perché no? Gli sembra una buona idea. Sembra inoltre che Sasamo sappia esattamente quello che fa. È difficile smettere di osservarlo. La pace che il suo viso esprime è indescrivibile. Quasi invidiabile. L'intelligenza del suo sguardo è così viva, così evidente. Perché il resto della gente non se ne accorge? Perché il mondo lo deride? Questo si domanda Perdono accompagnando Sesamo, camminando al suo fianco.

«Io sto bene così...» sospira Sesamo all'improvviso, volgendo gli occhi verso di lui.

«Lo so» replica Perdono. «Ma...»

"Meriti di più" vorrebbe aggiungere.

«Eccoci, siamo arrivati!» lo interrompe Sesamo.

Perdono lo riconosce. Il piccolo lago dove Sesamo l'ha trascinato è tanto, tanto simile a un altro lago che lui ricorda bene. Quello che si trova nel giardino di nonna Fede. Quanta nostalgia...

Il piccolo angelo rivolge uno sguardo a Sesamo per ringraziarlo di averlo portato lì. Ma non è tutto. Ecco, ecco una luce avvicinarsi piano. Una luce bianca. Il grande cigno bianco si dirige verso di loro. Li osserva per un lungo istante che sembra quasi interminabile, poi china il capo fino a raggiungere la superficie dell'acqua.

«Sei anche qui, mio bel cigno...» sussurra Perdono allungandosi fino a toccarlo.

Il cigno risolleva il capo e fissa Sesamo, solo lui questa volta. Perdono comprende. Deve farsi da parte per il momento. Deve cedere la sua parte a Sesamo per questa volta. Deve lasciare che sia lui, solo per un po', l'unico protagonista della storia. Perdono accetta volentieri, gli sembra una scelta giusta. In fondo Sesamo merita di più, anche più di questo. Ma ora basta pensare, Perdono deve farsi da parte e lasciare davvero spazio a Sesamo.

Quanto è più facile vivere quando tutto è più semplice, spontaneo. Sesamo sogna, sogna spesso. Sogna il suo giardino. Un luogo vivo, magico. Dove nessuno più abbia il potere di ferirlo, dove nessuno mai si senta in diritto di ridicolizzarlo.

Sesamo cade in ginocchio sulla riva del lago. Sembra pregare. Il cigno bianco gli rivolge un ultimo sguardo, si volta, se ne va, si allontana e infine sparisce. Sesamo rimane ad osservarlo fino alla fine, tranquillo, sereno. Poi si alza, butta la testa indietro e si lascia accarezzare da una brezza lieve. È primavera. Questo basta per renderlo felice.

Il suo cappello cade per terra, lui si china, lo raccoglie, rapidamente lo pulisce con la mano e se lo rimette in testa. Il cielo sembra così vicino tanto è azzurro. Vorrebbe allungare un braccio, toccarlo con le dita. Sfiorarlo. Passa un aereo e lui lo saluta con la mano. Un aereo nel cielo.

Sesamo sogna, sogna ancora. Sogna il suo giardino. Lo sogna così tanto che gli sembra sempre più vicino. Prova a descriverlo, anche a se stesso. Quanta pace, quanta armonia! Il giardino del sogno non è uno di quelli da lui visitati, non ancora. Il giardino del sogno esiste nella sua memoria, nel ricordo. È un modo d'essere, di vivere. Una nota dell'anima. Un angolo di paradiso. Una poesia ancora da scrivere. Quanta freschezza, quanta magia vi regna. Ogni essere, anche il più minuscolo, anche il più insignificante è libero lì, ha diritto di esistere. È parte integrante del giardino del sogno. In pace.

Il bel cigno bianco è tornato a casa. È stato un lungo viaggio il suo. Sesamo avrebbe voluto seguirlo questa volta. Non importa, ritornerà. Lui sa attendere.

Sesamo lascia la riva del lago. La grande quercia è sempre lì, immobile nel tempo, nello spazio. Non si allontana, non lo abbandona. Abbracciarla è come abbracciare la vita, una nuova vita. Sesamo socchiude gli occhi e una lacrima scende giù, piano piano. Accarezza la sua gota ma lui non si scompone. Un uomo che sa piangere è sempre un grande uomo ma prima di tutto è una grande persona. Questo Sesamo lo sa. Non prova vergogna, non subisce cedimenti. È una grande persona. Una persona vera. E nel frattempo, intorno a lui, l'aria sa di primavera. Il creato risplende. Tutto germoglia. Forse anche il perdono che il piccolo angelo sta portando con sé nel mondo, per il mondo.

CAPITOLO 16

È tempo di cominciare a fare sul serio. Perdono lo sa. Fino a questo momento ha preso e perso tempo. Del resto ne aveva bisogno. Il tempo gli era strettamente necessario. Doveva rintracciare i suoi prescelti, i suoi alleati. La ragazza e il ragazzo.

Ora non gli resta che tentare di comunicare con loro, cercare un punto d'unione. Deve incontrarli, scoprirli, capire chi sono. Cominciare ad osservarli da vicino.

Perdono decide di iniziare dalla ragazza. La trova, la segue per le strade della città. Lei si guarda intorno, sembra persa, smarrita in questa città che forse non è la sua. Non appare del tutto convinta del suo percorso. O forse il suo è solo un modo di essere. La ragazza sospira e si guarda intorno. Compie lo stesso giro più volte. Cosa starà cercando? Non importa, Perdono la segue. Non è detto che cerchi qualcosa. A volte ci si gira intorno senza cercare nulla.

Perdono non ci mette molto a capire. La ragazza davvero non cerca nulla. Cammina lentamente e osserva. Per combattere la tristezza, per sentirsi meno sola, forse anche meno spaventata.

Perdono l'aveva dimenticato. La ragazza ha paura. Ma ora dimostra di volerla sconfiggere questa paura, di

101

saperla affrontare. Si ferma davanti a una casa, forse la sua. Apre la porta ed entra. Perdono continua a seguirla. Varcando la soglia chiede pure: «Permesso...»

La ragazza non lo sente, non può sentirlo ma stranamente sorride e annuisce con un cenno del capo. Forse Perdono la sottovaluta, lei sente più di quel che crede.

Sembra stanca. Getta la borsa sul divano e si siede buttando indietro la testa. Chiude gli occhi e per un attimo si lascia andare. Si assopisce. Appare così fragile ora, così indifesa.

Perdono in fondo non la conosce ancora, non sa cosa l'ha resa quello che è. Si siede al suo fianco e veglia il suo riposo. Il suo respiro è tranquillo, regolare.

All'improvviso, quando ormai anche Perdono sta per rilassarsi, la ragazza si alza. Si dirige verso un vecchio giradischi. Afferra un disco e lo appoggia delicatamente, con cautela, sul giradischi. Sospira poco prima che la musica abbia inizio. E poi... chiude gli occhi così piano, così piano. Lascia cadere la testa indietro, solleva il viso, rilascia le spalle, scioglie ogni tensione.

Sorride, impercettibilmente ma sorride. Ora, il suo viso è in parallelo al soffitto e lei è così bella. Perdono la trova bella, una bellezza delicata e non appariscente. Una bellezza pulita.

La ragazza rimane così per qualche istante, senza muovere un muscolo del suo corpo. Sembra aver raggiunto un'altra dimensione, un altro livello di esistenza. Poi lentamente solleva un braccio, ben oltre il suo capo, apre gli occhi e fissa il polso sottile, le dita della mano. Intanto muove anche una gamba spostando il piede lateralmente. Solo la punta del piede sfiora il pavimento.

Perdono è perplesso, attonito, sembra aver subito un incantesimo. Cosa farà adesso la ragazza? Presto detto. La ragazza danza, vuole danzare e danzerà. Per tutta la durata del motivo, una sinfonia lenta, morbida, dolcissima.

La ragazza sembra sempre più leggera, sembra fluttuare nell'aria. Perdono pensa di raccontare a zia Speranza tutto ciò che ha appena visto, forse anche gli angeli dovrebbero danzare così. Sarebbe un'idea.

Pochi minuti e la musica finisce. La ragazza si ferma, torna al giradischi e dopo alcuni secondi tutto incomincia come prima. Tutto ancora più coinvolgente di prima. La ragazza danzando si estranea, i suoi gesti sono fluidi, sinuosi. Un passo, un movimento segue l'altro senza discontinuità.

E poi finisce... e poi ancora, la stessa sinfonia. Lo stesso ondeggiare lento delle mani, delle braccia esili. Perdono le gira intorno, lascia che lei danzi, anche a occhi chiusi. La protegge dagli urti, le impedisce di scontrarsi con i mobili del salotto. Si mette davanti e le evita colpi che potrebbero ferirla. Lascia che lo spazio a sua disposizione diventi immenso. La illude di trovarsi in alto, molto in alto, oltre le nuvole.

Così facendo Perdono si avvicina al giradischi e coglie l'occasione per osservare la copertina del disco. Vede un cigno riprodotto sulla copertina liscia.

"Eccolo di nuovo..." pensa "il cigno! È tornato anche qui."

"Non immaginavo che la loro musica potesse essere tanto bella!" riflette subito dopo, riferendosi agli esseri umani. "E poi c'è anche il cigno."

Perdono non sa. Non sa che in effetti quello non è il suo cigno. È un cigno, certo, un cigno raffigurato sulla copertina di un disco. E quella musica che gli piace tanto, che quasi adora... *"Il cigno"* di Saint-Saëns, ecco di cosa si tratta.

Poco importa tutto sommato, la ragazza continua a ballare. Perdono continua a seguirla, a lanciarsi per proteggere i suoi passi di danza, a danzare con lei. Nessuno dei due sembra annoiarsi. Nessuno dei due sembra volersi distogliere dal fascino della musica. Nulla li può distrarre.

Nulla tranne il suono del telefono che ora squilla, produce un suono persistente, troppo acuto, frastornante. La ragazza si blocca quasi a mezz'aria. Scuote il capo, sospira. Il suono è così fastidioso, diventa addirittura assordante per lei che ama la solitudine, la quiete. Deve affrettarsi a rispondere però, nonostante tutto. Ecco che solleva il ricevitore.

Pochi minuti dopo diventa tutto frenetico, deve correre, non ha un momento da perdere. Cosa le manca?

Afferra la borsa, infila le scarpe. Deve uscire, è in ritardo. Deve correre, aveva dimenticato. Dimenticato di uscire, per questo deve correre. Correre, affrettarsi per arrivare. Proprio lei, che detesta la velocità.

Perdono esce con lei ma non la segue. Lascia che lei corra, che lei tenti di recuperare il tempo del suo ritardo. Per lui, intanto, è arrivato il tempo di dedicarsi ad altro. Al ragazzo.

Dove sarà? Gli è sempre più difficile rintracciarlo rispetto alla ragazza. Sarà perché per lui è tutto più veloce, affrettato. Sarà perché lui non possiede la tranquillità, la pace, pur sempre relativa, della ragazza.

Perdono sa, dovrà attraversare il mondo, l'intero mondo oppure solo mezzo mondo, per cercarlo. E alla fine lo trova, certo. Eccolo lì, circondato da amici o da nemici, dipende sempre dal punto di vista. Attorniato da gente, perché lui non è mai solo, non ne è capace. Eccolo lì. Non riesce a stare fermo, non un solo istante. Dialoga, discute con qualcuno, gesticola, ride e si passa la mano tra i capelli. Continua a parlare, esprime le sue opinioni ad alta voce mentre salta su una moto e grida:

«Adesso vediamo!»

E via, inizia la corsa. Lui parte, seguito in velocità da altri due. Corre, corre come un pazzo, supera auto senza neanche vederle, sorpassa sulla destra ignorando i clacson degli automobilisti.

Perdono si chiede dove stia scappando e perché. Cosa sarà successo per farlo correre così? Qual è il motivo di tanta urgenza? Non sa, quasi non riesce a seguirlo. Nemmeno lui, che è un angelo, riesce a stargli dietro. Alla fine ci rinuncia e accucciandosi dietro di lui si aggrappa alla sua vita e si lascia trasportare.

Non si chiede più dove stiano andando. Perdono ha compreso. Non stanno andando proprio da nessuna parte. Il concetto gli è ancora più chiaro quando il ragazzo si ferma e viene raggiunto, parecchi minuti dopo, dagli altri due.

Il ragazzo li scruta trionfante, con un sorriso vago, tra l'indifferenza, il disprezzo e il senso di onnipotenza. Ha vinto. Sapeva che avrebbe vinto. Conosceva la sua superiorità, non aveva nessun motivo per provarla. Ma così, tanto meglio, almeno non verrà più messa in discussione. Ne ha dato una dimostrazione. Ha vinto.

«Sei solo riuscito a non farti ammazzare!» lo rimprovera Perdono ancora scosso e sconcertato da tale e tanta superficialità. «Forse perché c'ero io aggrappato dietro a te...»

Il ragazzo scuote il capo infastidito, non si rende conto, non si spiega lo strano turbamento che lo coglie. Preferisce andarsene, allontanarsi in fretta dagli amici che ora lo osservano perplessi senza osare interrogarlo.

«Ci vediamo!» urla il ragazzo rimbalzando sulla sella della sua moto.

E via, di nuovo in corsa, di nuovo senza meta. La sua vita somiglia a un quadro futuristico, un eterno movimento, un susseguirsi indistinto di immagini.

«No, così non va bene!» lo trattiene Perdono, afferrandolo per la giacca. «Se non rallenti ti mollo e ti lascio davvero schiantare, questa volta! Guarda che lo faccio davvero, anche se sono un angelo!»

Il ragazzo improvvisamente quanto inconsapevolmente rallenta. Cerca di aumentare, di riprendere velocità ma la motocicletta non risponde più ai suoi comandi, si rifiuta di obbedirgli.

«Così va bene!» sorride Perdono. «Così mi piace!»

Pochi minuti dopo il ragazzo si ferma. Parcheggia la moto e si incammina lentamente verso una collina. Perdono lo segue.

Eccolo lì, solo, spaventato come non mai. La solitudine lo blocca, lo immobilizza, lo imbarazza, lo rende prigioniero di se stesso. La sua vita per essere vera ha bisogno di movimento, di gente, di corse sfrenate. Non importa verso dove. Anche verso il nulla, verso l'annientamento, ma tutto deve avvenire in fretta, a tutta velocità.

Il ragazzo ha paura. Ma ancora di più ha paura di aver paura. Questa è, in effetti, la vera paura. La paura di aver paura. Questo è ciò che il ragazzo odia con tutto se stesso. Questo senso di debolezza, questo sentirsi fragile, limitato. Per questo motivo non vuole fermarsi mai, neanche un attimo, non un istante. Per non permettere alla paura di aver paura di annientarlo, di immobilizzarlo, di togliergli il fiato e la prontezza di riflessi. Per non perdere la forza di reagire, di scappare, di afferrare la sua moto e correre via.

Perdono si siede accanto a lui, su quella collina, si appoggia con lui alla grande quercia.

«Ci sono io, adesso...» sussurra asciugandogli gli occhi chiari. «Sono qui, non sei solo. Non sei mai solo.»

Il ragazzo si addormenta nell'abbraccio materno della grande quercia. Perdono lo lascia lì, lascia che lui si abbandoni al riposo; lì nessuno lo disturberà. Si fa sera in quell'angolo di mondo.

Perdono vola via. Torna dalla ragazza. La ritrova, frastornata e oppressa dai rumori della città. Cammina tra le strade e sembra assente. Qualcuno le parla e lei annuisce.

«Sì, va bene...» replica con un sorriso forzato «ma adesso devo andare. Ci vediamo.»

Saluta con la mano due persone che si allontanano. Finalmente sola! Si trascina lentamente, socchiude gli occhi. Perdono prevede la direzione che prenderà. Ormai crede, è convinto di conoscerla abbastanza. La ragazza si dirige verso il parco.

Quanto diversi! Quanto diversi tra loro sono i suoi prescelti! Come spingerli, come spronarli a contribuire alla sua missione? Come convincerli ad aiutarlo a crescere e a diffondere la sua opera sulla Terra? La verità lo spaventa. Perdono non sa neppure da che parte iniziare. Non ha un piano d'azione, una strategia. Deve ancora costruirseli. Ma a volte i piani non servono, sono fatti solo per essere stravolti dalle circostanze. Meglio osservarli. Osservare i suoi protetti, imparare a conoscerli.

Perdono si eleva, si solleva, si innalza. La ragazza, intanto, si è inginocchiata proprio davanti alla grande quercia e chiude gli occhi. Come lui. Come il ragazzo. Così vicini ora. Così lontani ora, in due diversi angoli del mondo ma uniti da quel medesimo gesto. Gli occhi chiusi. L'abbandono dell'anima che ora vola, vola in alto fino quasi a sfiorarsi, a stringersi.

Succede da sempre. Perdono lo sa. Sa ora perché li ha scelti. Perché loro si sono scelti. Da sempre, pur non essendosi mai incontrati. Da sempre, quando chiudendo gli occhi le loro anime volavano alte e osservavano i loro corpi avvolti nel riposo. Così ancora, ancora adesso, come quando erano bambini e si sfioravano col pensiero. E si scambiavano poesie d'amore. Così, ancora.

Così lei invoca:
«Toccami, sfiorami
se puoi,
sfiora il mio viso
e cancella ogni traccia
del dolore passato,
ogni impronta
di solitudine,
di risentimento,
incomprensione.»

Così lui risponde:
«Come sei bella
anima mia,
come sei bella e sola,
e lontana
anima mia,
solitaria e triste
e forse inesistente
perché immaginata,
perché immaginabile
soltanto attraverso
lo sguardo più interno
del mio io.»

CAPITOLO 17

Siamo arrivati a metà strada. Siamo arrivati al capitolo diciassette. Brutto numero per chi è superstizioso. Ma qui nessuno lo è, vero? Perdono non lo è di certo, non sa nemmeno che cosa significhi. Forse nemmeno li conosce, i numeri.

L'unica cosa che davvero gli importa è stare vicino a loro, imparare a capirli. Non che ci riesca davvero, perché molte cose ancora gli sfuggono, ma almeno ci prova. Le cose, del resto, sfuggono perché i suoi due prescelti sono in effetti sfuggenti. Troppo diversi e troppo simili. Troppo tutto.

E poi c'è lui, sempre lui, in costante agguato. Contro Perdono e la sua missione. Contro il ragazzo e contro la ragazza. Contro i loro pensieri, contro i loro sentimenti più intimi. Contro il perdono.

Perdono ora lo sa. Non deve abbassare la guardia. Mai. Lo sconforto è sempre lì, pronto a colpire e quando li coglie alla sprovvista, impreparati a reagire, è sempre una tragedia. E loro sono così fragili. Così malati ancora. Perdono li spia, li segue con discrezione cercando di guidarli senza interferire troppo.

Eccola, la ragazza, tristemente circondata da troppa gente. Eccola, la sua voce grida in silenzio. Invoca soccorso.

«Ti prego, portami lontano. Lontano, lontano dal mondo, in un luogo dove possa finalmente vivere in pace. Dove nessuno mi disturbi e si occupi dei fatti miei. Tornerò nel mondo solo per poco, magari solo una volta al mese. Sarà più che sufficiente.»

Eccolo, il ragazzo, solo e deluso dal rifiuto di chi lo circonda, di chi finge solo di rispettarlo, di approvarlo. Eccolo, furioso nella sua rabbia, nel suo abbandono.

«Devo uscire da questa situazione ma non so come. Quello che sto ascoltando non mi piace, non lo accetto. Qualcosa dentro me si ribella. Non è giusto. È peggio di un castigo. Perché? Perché? Perché a me? Perché io? Perché farmi questo? A che scopo? Mi sento tradito, ingannato.»

La ragazza non può più resistere. Vuole stare sola, essere lasciata in pace con i suoi ricordi. Con il suo amore perduto. Ma come?

«Ho paura, ho tanta paura. Ho paura ora ad attraversare la stanza affollata e a raggiungere l'altro lato. Ho paura del loro sguardo... perché il loro sguardo ferisce.»

Il ragazzo si sente divorare dalla rabbia. Come osano, chi sono loro per giudicarlo. Brave persone, forse. Brave persone che però non ne sanno niente di lui, del suo passato, del suo dolore, delle botte che ha ricevuto e poi reso, con gli interessi.

«Da dove proviene il dolore? Dalla libertà? È un po' difficile da credere. Come convincersene? Credo di poter capire. Libertà di scegliere. Scegliere di soffrire, anche? Sofferenza emotiva, non fisica. È di questo che stiamo parlando!»

Perdono ha un gran da fare. Soprattutto quando entrambi rischiano di mettersi nei guai nello stesso momento. Quando entrambi si lasciano attrarre e condizionare dal grande nemico che sogghigna, li perseguita e si ingegna per danneggiarli, per rovinarli.

La ragazza abbandona la festa, esce di corsa, si precipita fuori. È stranamente dominata dall'impazienza, dalla fretta di andarsene, di allontanarsi. Non è da lei. Perdono si sforza per trattenerla.

«Attenta! Stai attenta! Non correre così!»

Ma lei corre, non ascolta. Ecco, arriva a un incrocio e attraversa senza guardare.

«Ferma!» grida Perdono non riuscendo ad afferrarla in tempo.

La ragazza si blocca all'improvviso e si volta. Una macchina in corsa la sfiora e lei ritraendosi evita appena in tempo di venire investita. L'autista, sorpassandola, digrigna i denti infuriato. Perdono lo segue, lo raggiunge, gli sembra di riconoscerlo. Bello e crudele. Dominio. Perdono deve prestare più attenzione e proteggere i suoi ragazzi.

Perdono corre verso il ragazzo, teme per lui. Spericolato e imprudente com'è sarebbe una preda facile.

Sa che probabilmente il suo avversario ci proverà di nuovo. Presto.

Infatti, come immaginava. Il ragazzo è nel bel mezzo di una rissa. Cosa fare? Il ragazzo conosce solo un modo per rispondere alle offese, alle provocazioni. La legge dei pugni, dei calci, della violenza. E il suo rivale ora chi è? Chi lo deride, lo insulta, lo trascina a un'azione sconsiderata. Ancora lui. Bello e crudele. Dominio. C'era da aspettarselo. E il ragazzo sta per cedere.

«Non ascoltarlo, vieni via!» lo supplica Perdono. «Ascoltami, ti prego.»

Niente da fare. Il ragazzo sferra il primo pugno e ne riceve un altro in cambio, altrettanto potente.

«Ricordati, ragazzo...» sussurra Perdono, afferrandolo per le spalle. «Ricorda la voce della coscienza, la voce di colei che ti parlava dell'angelo custode. Sono io, sono qui... Abbandona questa rissa, vieni via con me.»

Finalmente il ragazzo si ritrae, il suo pugno successivo rimane sollevato in aria senza raggiungere la meta.

«Non ne vale la pena!» esclama scuotendo il capo.

Così si stringe nelle spalle, si volta e se ne va.

I due ragazzi sono salvi, per ora. Ma Perdono sa che la lotta non finisce qui. Oltre che a conoscere bene i pregi e i difetti dei suoi prescelti, sta imparando anche a riconoscere le minacce, l'incredibile forza, la crudeltà inaudita del suo avversario.

Perdono però non si arrende. Li proteggerà. La sua missione è troppo importante. E loro almeno lo ascoltano, stanno imparando a sentirlo, a percepire il suo richiamo. Questa è una buona cosa, un passo avanti.

Quanto ci vorrà? Quanto tempo ancora? Perdono non lo sa, nessuno lo sa. Non gli resta che sperare. Non ci resta che attendere.

CAPITOLO 18

«Perché sei così arrabbiato, Perdono?» lo interroga zia Speranza scrutandolo con aria di rimprovero.

«Sono passati sette mesi!» risponde Perdono deluso. «Sette mesi del loro tempo!»

«Lo sai che comunque un angelo non dovrebbe mai arrabbiarsi...»

«Sette mesi del loro tempo e le cose non cambiano!»

«Né tantomeno rassegnarsi, cedere allo sconforto» prosegue zia Speranza imperterrita.

«Sì, ma...»

«Lo sapevi che non sarebbe stato facile.»

«Sì, ma...»

Perdono ha le lacrime agli occhi, pur sforzandosi non riesce a trattenersi.

«Lo sai che non è questo il momento di abbattersi, vero Perdono?»

«Sì, ma...»

«Devi reagire, se non lo fai tu chi altro lo farà al tuo posto?» lo interroga zia Speranza, avvicinandosi e sollevandogli il mento con la punta delle dita. «Che ne sarà di loro se tu li abbandoni?»

«Loro sono sempre gli stessi, non cambiano mai, nonostante i miei sforzi» si sfoga Perdono. «Tutto il mondo va male, le guerre continuano e io non cresco. E lui, intanto, sai a chi mi riferisco, lui continua a prendermi in giro, a ridere di me. E io devo continuamente proteggerli perché loro due da soli non se la cavano. Lui ha capito chi sono e li ha presi di mira. E a me tocca difenderli dai suoi attacchi.»

«Bene, allora stai facendo un buon lavoro, Perdono!» lo incoraggia zia Speranza. «Li proteggi, ti prendi cura di loro. Bravo!»

«Sì, ma a volte quando li lascio...»

«Devono ancora imparare, Perdono. Vedrai che tutto cambierà.»

«Non mi vedono, zia Speranza.»

«Questo lo sapevi dall'inizio. Sei un angelo, non possono vederti.»

«Sì, ma... a volte, a volte io vorrei che loro mi vedessero, che capissero che sono con loro, sempre al loro fianco, che sapessero che ho bisogno di loro per crescere, così come loro hanno bisogno di me per tornare a vivere, per perdonare e perdonarsi.»

Zia Speranza osserva il piccolo angelo. Si rende conto che sbaglia a credere che non ci siano stati cambiamenti o progressi. Lui stesso ne è l'esempio, il sentimento d'amore incondizionato che nutre per i suoi protetti, l'affetto che vorrebbe ispirare in loro.

«Crescerai, piccolo mio» sospira tra sé zia Speranza mentre Perdono si allontana ancora un po' contrariato. «Crescerai più in fretta di quel che credi.»

CAPITOLO 19

La visita a zia Speranza non ha avuto l'esito che Perdono desiderava. L'ha incoraggiato, certo... l'ha spinto a proseguire. Evidentemente ha ancora fiducia in lui, pensa che lui sappia cosa fare, che abbia ancora qualche idea o un piano di riserva. Si sbaglia.

Perdono non sa esattamente cosa pensi zia Speranza ma lui di certo non ha né idee né piani né risorse. Cosa può fare a questo punto?

Dopo sette mesi le cose non sono cambiate. Perdono se ne accorge, giorno dopo giorno. È ancora un bambino. Il ragazzo e la ragazza continuano a camminare per la loro strada. Ha ottenuto qualche piccolo successo con loro, questo è vero... Forse pretende troppo. Forse i suoi sono solo sogni. Credere che due sole persone possano risolvere gran parte dei problemi dell'umanità è un'utopia.

Perdono ha continuato a seguirli in tutto questo tempo. Ha camminato con loro, ha attraversato il loro cammino, ha percorso le loro strade nel mondo. Qualche dettaglio di loro è riuscito a modificare... nulla più. Certo, a volte anche i dettagli contano. Ora si trova in un vicolo cieco o peggio, un labirinto da cui non sa come uscire. E vorrebbe tanto chiedere suggerimenti, supplicare aiuto, invocare soccorso.

Una preghiera. È quello che serve. Forse. Ma una preghiera a chi? Chi è l'artefice di tutta questa storia, in fondo? Lei. La creatrice, la tessitrice delle storie.

Ma... tutto questo ha un senso? Perdono non lo sa, non se lo spiega. Sa solo che non sopporta più questa immobilità. È ora di intervenire oppure spingere qualcuno a intercedere a suo favore.

Una preghiera. È quello che serve. Ma una preghiera a chi? A lei. Forse.

«Per favore...» inizia Perdono un po' esitante. «Ti prego, aiutami. So che tu puoi farlo, so che tu se vuoi puoi cambiare le cose. Io sto facendo del mio meglio, lo sai, lo vedi. Perché allora è tutto così difficile? Perché non riesco a uscire da questo... da questo... Ti supplico, signora Madama, tessitrice delle storie, fai tu qualcosa... Intervieni, crea qualcosa di bello, qualcosa di nuovo. Ti prego...»

Sarà la risposta giusta? La risoluzione dei suoi guai, dei suoi drammi? L'aver chiesto aiuto alla Madama, averla supplicata, pregata... Perdono non lo sa. In fondo, ci sono ben poche cose di cui possiede una certezza assoluta. Ma questa? Chissà... Quali sono, in fondo, le sue certezze?

Dovrebbe forse, a questo punto, farne un'analisi. Lui è l'angelo del Perdono. Deve possedere in sé delle certezze. Quali sono quindi le certezze dell'angelo del Perdono?

Allora... il perdono, tanto per cominciare. La forza, il desiderio di perdonare. E poi? Da dove nasce tutto ciò? Da chi dipende il destino degli esseri umani, di qualsiasi essere o elemento presente sulla Terra, nel mondo? Da dove, da chi tutto ha origine e fine? Dalla Madama? E allora lei, proprio lei, la Madama, questa creatrice, tessitrice delle storie, da dove viene, da dove nasce? Chi l'ha creata?

Forse Perdono si è ingannato. La scelta non è totalmente nelle sue mani, il potere della Madama è limitato, in parte condizionato.

Allora? Perdono si rende conto. Anche un angelo, lui in questo caso, può commettere un errore di valutazione. Le intenzioni in fondo erano buone. Deve accettare la sua debolezza. La Madama non era, non è colei a cui rivolgere la sua preghiera, la sua richiesta di aiuto. Ora l'ha capito, finalmente. Meglio ricominciare tutto dal principio, cambiando destinatario.

«Per favore» riprende Perdono fervidamente. «Ti prego, aiutami. Io ho bisogno di te, loro hanno bisogno di te... Ti prego.»

Perdono, terminata la sua preghiera, sospira speranzoso. Qualcuno in alto, molto, molto in alto, osserva, ascolta e sorride.

CAPITOLO 20

Questa non ci voleva. Proprio ora. Perdono certo non si aspettava di venir convocato. Non era mai successo prima, oltretutto. Non che gli dispiaccia, in fondo. Anzi, dovrebbe sentirsene orgoglioso. Essere convocato per la prima volta in una riunione così importante significherà pure qualcosa. Forse... Perdono non vorrebbe illudersi troppo, ma forse... Forse significa che sta crescendo davvero! Tutto questo sarebbe fantastico per lui, però... è il momento ad essere sbagliato.

La verità è che Perdono ha paura. Non vuole abbandonare i suoi due protetti. Teme che qualcosa di male possa avvenire in sua assenza. Da ciò che gli è stato riferito queste riunioni hanno una durata molto, molto lunga.

E allora...? Partecipare alla riunione generale degli angeli adulti e poi al coro angelico è il suo sogno da sempre. E finalmente qualcuno si è accorto di lui, della sua opera, della sua missione. Perdono sospira contrariato. Perché proprio adesso? Come può rifiutare, declinare l'invito? Rinunciare? Perdono si sente combattuto, diviso in due.

Partecipare alla riunione equivale ad abbandonare temporaneamente i suoi prescelti. Assistere e proteggere il ragazzo e la ragazza equivale a rinunciare alla riunione. Alternative? Nessuna. Gli si impone una scelta. Dolorosa.

Perdono si ritrova davanti alla sala del congresso. Eccoli. Fede, Carità, Giustizia, Amore, Pazienza, Conforto, Speranza, Pace. E tanti altri. Tutti lì riuniti. E lui? Ancora così piccolo, così indifeso. È senza dubbio un'occasione da non perdere, un'opportunità da non lasciarsi sfuggire. E lui sarebbe davvero pronto a coglierla al volo, senza rimandare. Però quei due... ancora così fragili, così incerti, avventati.

Perdono scuote il capo. Non è nemmeno il caso di pensarci. Scruta gli altri angeli, tristemente. Zia Speranza si accorge della sua presenza, sorride e si avvicina. Allunga un braccio verso di lui per prenderlo per mano. Perdono scuote il capo e indietreggia di qualche passo.

Ma ecco, finalmente la sala del congresso si apre. Tutti gli angeli in attesa sospirano lieti, pronti al grande evento. Perdono si asciuga una lacrima. Questa sarebbe la sua prima riunione. Chissà mai se verrà di nuovo convocato in futuro...

«Entriamo, Perdono...» lo incoraggia zia Speranza. «È ora.»

«Non posso...» risponde Perdono con voce soffocata.

«Perché no?»

«Non posso... lasciarli soli. Non voglio. Non devo.»

Perdono non attende nemmeno che zia Speranza gli risponda, non vuole rischiare di cedere alla tentazione. Una cosa ha imparato. Scegliere ciò che è giusto a volte fa soffrire, impone delle rinunce. Fa male, anche per un angelo. Non importa.

Abbandonare i suoi protetti è fuori discussione. Il ragazzo e la ragazza sono sotto la sua responsabilità ora. Perdono pensa a loro, se li raffigura davanti e si sente meglio. Scegliere ciò che è giusto e imporsi delle rinunce può far male per un po'. Poi passa.

Perdono comincia a sentirsi meglio. Poi sta di nuovo bene. Alla fine è allegro e colmo di energia e fiducia.

«Sì!» ammette con se stesso. «Ho fatto proprio bene. Loro hanno tanto bisogno di me! Devo tornare giù. Solo un volo, nell'anima, non lontano atterrerò...»

Ancora una volta qualcuno in alto, molto, molto in alto, osserva, ascolta e sorride.

CAPITOLO 21

Canticchiando la sua abituale filastrocca Perdono ha spiccato il volo. Preso com'è dall'agitazione e dalla fretta non sa dove finirà per atterrare. Non ci ha pensato. Ma in fondo, per una volta, tanto vale lasciarsi andare e cadere dove capita. Affidarsi al destino. Chissà che per una volta non gli sia amico e gli fornisca qualche suggerimento utile. Vediamo un po'.

Eccolo lì, spaesato. Perdono infatti è atterrato in un centro commerciale. Che idea, se davvero l'avesse voluto non ci sarebbe mai arrivato! Quanta gente! E ora? Gente che va, gente che viene e lui lì in mezzo, frastornato ma invisibile.

Converrebbe allontanarsi a tutta velocità. Del resto è per questo che è tornato. Deve sorvegliare i suoi protetti. Però sente che in fondo niente di male è avvenuto in sua assenza... tanto vale aspettare un po'. Osservare non visto.

«Guarda lì!» esclama Perdono tutto a un tratto. «Un angelo di pietra!»

Perdono si appoggia sbuffando alla fontanella che si trova proprio al primo piano del centro commerciale. Si sporge, si allunga, immerge il viso nell'acqua. Attraversa poi la piccola fontana e raggiunge il bianco cherubino accasciato nel mezzo.

«Ehi tu...» lo stuzzica toccandogli una guancia.

Per ironia della sorte l'angelo di pietra somiglia a Perdono in modo impressionante.

«Povero me!» sospira Perdono «Dove sono capitato...»

Perdono si allontana rivolgendo un ultimo sguardo commiserevole al piccolo angelo nella fontana.

«Ciao, angelo di pietra! Io vado...»

Sorvolando la zona senza guardare, Perdono si ritrova davanti al bancone di una caffetteria, tra tazze, bevande calde e brioches appena sfornate.

La scena è decisamente movimentata. Gente che fa colazione, gente che va di fretta. È mattina. Il tempo è quello che è... sempre poco.

Che tristezza... sembra tutto così invitante, ma Perdono è un angelo. A lui bere e mangiare non è concesso. Non ne ha proprio bisogno. Peccato, però! Tanto vale andarsene anche da lì.

Ma poi... Perdono sorride, decide di trattenersi ancora un poco. Una scena colpisce il suo sguardo, una scena degna di essere contemplata e quindi descritta.

Una coppia varca la soglia del piccolo caffè, tenendosi per mano. Giunti di fronte al bancone i due si separano. Lui si ferma e attende che qualcuno prenda le sue ordinazioni, lei si affretta per occupare uno dei pochi tavolini rimasti liberi all'interno del locale nella zona non fumatori. Sistema tutto in maniera ineccepibile. Le poltroncine, su una delle quali appoggia la borsa e l'impermeabile. I tovagliolini di carta sul tavolo. Tutto pronto. Quando lui arriva, reggendo due cappuccini e due brioches, lei si alza per aiutarlo a poggiare il vassoio sul tavolo.

Ma per un attimo... il vassoio trema tra le sue mani e tutto sembra scivolare giù e rovesciarsi. Tutto a posto. Lui riesce a mantenere il vassoio in equilibrio, saldo tra le mani, lei si allunga per raggiungerlo e... Un sospiro, uno sguardo, un sorriso, ancora giovane. Tutto a posto. Lei è ancora bella e radiosa, lui ancora forte e affascinante. Tutto questo in uno sguardo, in un sorriso.

Lei non sorride più ora. Butta la testa indietro e ride, ride di gusto. Proprio come allora. Lui la osserva e trattiene gli occhi azzurri nei suoi.

«Non sei cambiata, Gioia...»

A Perdono non sfugge nulla. La scena si svolge davanti ai suoi occhi con fluidità. Il tempo sembra essersi fermato lì, su di loro. Su due anziani con il sole nel cuore. Su due anime ancora giovani, per cui passato e presente poco conta. Quasi nulla.

Eccoli. E Perdono è talmente rapito dalla scena da non riuscire a staccarsene, ad allontanarsi. Cos'è in fondo? Solo una scena comune in un caffè di un centro commerciale. Ma quanta calma, quanta serenità, quanta armonia. Quale contrasto con tutto il resto dei clienti... gente che parla di lavoro, di studio, di vacanze, di tutto, di nulla.

Perdono pensa. La Madama dev'essere senz'altro di buon umore per offrirgli un quadro così piacevole, rilassante. Un'atmosfera pacata, un frammento dolcissimo. Oppure intende comunicargli qualcosa, vorrebbe che lui comprendesse.

«Ho capito...» annuisce infatti Perdono. «È questa... Questa è davvero una storia d'amore. Adesso ho capito.»

Perdono ha ragione. La Madama lo ha distolto per un attimo dalla sua missione per offrirgli l'esempio di una storia d'amore. E questa è in realtà la più grande che lei abbia finora mai raccontato.

CAPITOLO 22

Dopo un'innocua, breve ma istruttiva divagazione Perdono torna alla sua missione. Si sente rinvigorito. È sempre un'esperienza gratificante imparare qualcosa di nuovo.

Ma ora...? Come proseguire? Come tornare alla sua realtà, alla sua storia?

Perdono si ferma per un istante a riflettere, a considerare gli eventi. La sua è una missione così importante! Se solo riuscisse, fosse in grado in qualche modo di comunicarlo ai suoi prescelti. Ma come?

I loro progressi sono talmente lievi, quasi impercettibili! Ci sono, certo. Ma ci sono anche passi indietro, ruzzoloni, capitomboli. Quanto tempo ci vorrà, a questo punto? Sono già trascorsi sette mesi, in un lampo, in un soffio. Via, sette mesi volati via. E lui è ancora lì a combattere, a tentare di raggiungerli, di convincerli, di ispirarli. Quando ci riuscirà? Ci riuscirà? E quando finalmente avverrà non sarà troppo tardi? Per lui, per loro?

Forse ha commesso un grave errore. Forse il ragazzo e la ragazza, questi due comuni mortali, sono in fondo fin troppo comuni per essere speciali. Infatti sembrano proprio infischiarsene di tutto, soprattutto di lui. E pensare che Perdono ha rinunciato a tanto, e ancora sarebbe pronto a farlo per loro...

Perché ora si chiede? Perché si è lasciato impietosire dalle ombre? Nemmeno lui lo sa. Forse ha sbagliato, si è veramente ingannato permettendo loro di influenzare così la sua scelta. Ma è stato inevitabile. C'è ben poco da capire, da spiegare. È andata così.

Perdono non può ora accusare le ombre per una sua decisione, una sua scelta. Non può incolparle dell'inerzia in cui sopravvivono i suoi protetti. Forse dovrebbe cercare di sapere un po' di più, di capire perché, prima di emettere giudizi.

Perdono annuisce convinto. Li ha scelti seguendo l'istinto, l'impulso, il sentimento di tenerezza che gli hanno ispirato. È stato guidato da due ombre in questo. Ora è pronto ad ascoltare. Perché ora toccherà proprio alle due ombre narrare la loro storia.

CAPITOLO 23

La ragazza non perdona. Perché?

La ragazza era felice un tempo. Amava ed era amata. In un modo unico, esclusivo. Di un amore che non si incontra tutti i giorni e che capita solo a pochi nella vita.

Non era necessario per lei fingere o accontentarsi. Era tutto vero. Anche i sogni erano veri. Non pretendeva di più perché c'era rimasto ben poco da pretendere.

Non c'era nulla di cui aver paura, lui non se ne sarebbe mai andato. È facile credere che la vita sia eterna quando si è felici. E belli. E giovani. La ragazza infatti ci credeva. O meglio, non riteneva necessario fermarsi a pensarci. Perché poi? A quale scopo?

Era tutto così semplice. E perfetto. Come poteva essere diversamente? Non era esattamente una storia ma una favola. Anche se in effetti quando si vive una favola spesso non ci si rende conto di tutto ciò che avviene intorno. Per lei era così. Finché tutto all'improvviso svanì.

Cosa conta una bugia? A volte può sembrare così innocua, innocente quasi. Solo un piccolo, stupido pettegolezzo. Non può far male a nessuno. Non può ferire né tantomeno uccidere. Come potrebbe? Impossibile! La ragazza ora sa bene come. Ricorda. Rimpiange. Rivive.

Rimprovera se stessa e non si dà tregua. E intanto nella mente sempre lo stesso ritornello, persistente, le stesse immagini a volte sfocate ma spesso ancora troppo vive.

È l'ombra del giovane ora a descrivere, a dettare questa storia. Quando è ormai per lui troppo tardi. Quando è ormai cosciente della forza devastatrice che accompagna l'arma del pettegolezzo. Un'arma che non permette di difendersi, che condanna senza appello. Le parole sono potenti. Sono armi. Questo la ragazza lo sa. Lo ha imparato a sue spese. Purtroppo.

Ha imparato bene la lezione quando la sua felicità è andata in pezzi, quando niente e nessuno le avrebbe più consentito di rimediare, quando ormai era troppo tardi per tornare indietro.

La ragazza è stata costretta ad affrontare la sua perdita. Ha peccato di superficialità, di orgoglio. Ha prestato credito a parole cattive oltre che false. Le ha subite senza trovare la forza di difendersi, di proteggere il suo cuore.

Il giovane innamorato ora lo sa. Ora che è purtroppo troppo tardi per tornare indietro. Ora che ormai nessuna spiegazione, nessun chiarimento è più possibile. Sospirando deve sforzarsi ancora, deve proseguire, raccontare la sua storia o almeno farla affiorare, risalire in superficie.

Il peso della perdita perseguita la ragazza, non dà pace, non dà tregua. Come poteva solo sospettare che la tragedia fosse alle porte? Un addio brusco e poi... più nulla. Niente più. Non più il tempo di dire:

«Aspetta. Ti prego, torna indietro. Ancora un attimo. Non andare.»

No. Non più. Perché ormai tutto era già successo. Perché ormai non c'era più niente di rimediabile. Perché ormai... tanto valeva dormire, dormire e basta... non pensare più, non riflettere per non impazzire di dolore, di rabbia, di disperazione. Di qualcosa di incomprensibile, di inspiegabile. Di profondamente ingiusto. Dormire per non soffocare. Dormire anche di un lungo, interminabile sonno, per non morire, per non esplodere. E nonostante tutto non avere neanche il coraggio di versare una lacrima.

Questa la storia. La storia della ragazza malata di tristezza. La storia del giovane innamorato. Tante, troppe parole che il giovane non riesce, non può esprimere.

Ecco tutto. Tutto si riassume in poche frasi. Un pettegolezzo. Un'incomprensione. Un addio. Un incidente. Più nulla. Più nulla per lui. Tranne la speranza che presto lei ritrovi ancora la gioia, che un giorno lei conosca ancora l'amore. Che lei perdoni.

CAPITOLO 24

Il ragazzo non perdona. Perché?

Il ragazzo è il bambino di un tempo. Viveva un'infanzia a suo modo felice, serena. Ma ora? Costantemente sull'orlo di un precipizio, trattenendo a stento quella rabbia sempre pronta a esplodere in un boato di violenza, di furore.

La sua vita ora, il risultato di tante piccole solitudini, tante piccole ferite, tanti piccoli soprusi. Certo, era un bambino allora. Sapeva sorridere e in verità voleva sorridere. Desiderava un mondo perfetto, a sua immagine, creato appositamente su misura per lui. Come tutti i bambini.

Ma ora... cosa ne è rimasto? Un cuore arrabbiato, ancora troppo arrabbiato per arrendersi, per abbandonarsi, per dimenticare e lasciarsi tutto finalmente alle spalle. Quanta stanchezza però, quanto dolore, quanto desiderio di gridare al mondo:

«È finita! Lasciami andare!»

Quell'ira nel petto del ragazzo che non si placa ma lo spacca in due, lo dilania, inesorabile. La madre questo lo sa, lo vede, lo sente. Il suo povero bambino. Un bambino che voleva sorridere, che non chiedeva di meglio che essere esattamente come tutti gli altri bambini. Perché ha dovuto lasciarlo, abbandonarlo al mondo senza difesa, senza protezione? Così piccolo, così vulnerabile.

La madre trema, sa che è giunto il momento anche per lei di raccontare la sua storia. La storia di una donna spaventata, profondamente sola, anche quando non lo era. Com'è difficile! L'ombra della madre ora vorrebbe soltanto stringere il suo bambino al petto, ancora una volta, solamente una volta per dirgli:

«Calmati, piccolo mio, riposa, respira, chiudi gli occhi. Lascia che il tuo spirito riposi, raggiunga la pace, la quiete.»

No, non c'è più possibilità. Il suo bambino ora un ragazzo non si calma assolutamente, non riposa, non si dà tregua. Agisce di fretta, con furia, con esasperazione.

Le note di un pianoforte. Era tutto ciò che serviva per tranquillizzarlo un tempo, per placare il suo pianto e accendere un sorriso sul suo volto. E la madre, una giovane donna allora, suonava instancabile per ore per vederlo felice. Il suo sorriso valeva qualsiasi sacrificio.

Ma poi... la madre deve farsi forza per proseguire, per narrare la sua storia. Era sola, troppo sola. Non poteva sopravvivere a lungo, non poteva più nutrire il piccolo.

Il destino o forse il caso la affidò nelle mani sbagliate. E quando lei se ne andò per sempre furono quelle stesse mani a colpire, a violare colui che desiderava proteggere più di ogni altra cosa al mondo. Ma la giovane madre, come poteva saperlo?

Così il bambino, giorno dopo giorno, schiaffo dopo schiaffo, si tramutò nel ragazzo. E il ragazzo diventò quello che è, visse di pugni, di risse, di espedienti. Visse in fuga. Sprofondò nel rancore. Sfidò la sorte in corse sfrenate. Sempre più al di là di ogni limite, senza voltarsi indietro o scivolare nell'oblio, almeno per un attimo.

Questa la storia. La storia di un ragazzo divorato dalla rabbia. La storia della povera madre. Troppo tardi ormai per ricostruire quel giovane cuore spezzato, per ricoprirlo d'affetto, di tenerezza. Ricordi sfocati ormai in lui di un amore puro, incondizionato.

Ecco tutto. Non c'è ritorno, solo poche parole. Una madre sola. Un bambino che voleva sorridere. Un gesto d'amore. Una grave malattia. Più nulla. Più nulla per lei. Tranne la speranza che presto lui ritrovi ancora la gioia, che un giorno lui conosca ancora l'amore. Che lui perdoni.

CAPITOLO 25

«Cosa devo fare?»

Perdono conosce le storie. Le ha ascoltate, le ha comprese, le ha imparate. Cosa fare? Cos'è lui in fondo di fronte a tutto questo? Solo un povero piccolo angelo. Un angelo bambino.

«Cosa devo fare?» si ripete continuamente «Cosa posso fare?»

È tutto perso, ormai. Da troppo tempo. Loro si sono persi e non si sono più ritrovati. Basta guardarli, osservarli. Così smarriti. Quasi impassibili, statici.

La ragazza, eccola lì. Assorta, confusa, immobile. Le sue labbra soltanto si muovono in un sospiro, in un sussurro.

«Memorie perse ormai
nel vuoto dell'esistenza,
memorie perse di te,
di te, di te
di te che non ritorni
ma rievochi il ricordo,
di te che nel pensiero
resisti immutabilmente
vivo e vero...»

Il ragazzo, eccolo lì. Frastornato, impaziente, iroso. Vorrebbe gridare, inveire, scaraventare tutto a terra.

«Se lei non fosse andata via così...
Senza una parola, un gesto.
Niente! È solo scomparsa,
ha smesso di esistere.
Sono tornato e lei
non era più...»

È un disastro. Un disastro per Perdono. Cosa deve fare? Pregare e supplicare. Basterà? Chiedere aiuto. Ma a chi? E come? Come affrontare, come sconfiggere un dolore così profondo, così radicato? La somma di due sofferenze, di due infelicità sono su di lui.

E loro non possono nemmeno vederlo, riescono a mala pena a sentirlo, a percepire qualcosa di lui, un vago segno della sua presenza.

Quali armi a sua disposizione? Pensare, piccolo angelo. Pensare bene. Le pietre di Lilia. E poi? Perdono si illumina. Pregare serve. Sempre. Da sempre. Serve a ottenere una risposta.

«Sesamo!»

Sì, Sesamo. L'unico essere che possa vederlo, ascoltarlo davvero. Forse il solo che possa aiutarlo, il suo tramite terreno con entrambi i ragazzi. L'unico che, al momento, possa toccare e muovere i loro cuori. È già avvenuto, del resto. Sesamo, un cuore puro.

Perdono comprende. Deve muoversi, affrettarsi. Alla ricerca di Sesamo. Non ci vorrà molto, Perdono lo troverà, sa sempre dove si trova.

Eccolo, in un giardino. In uno dei giardini. Non nel suo, non ancora. Sesamo! Sesamo solleva il capo, lo riconosce, sorride.

«Devi aiutarmi, Sesamo. Ho bisogno di te. È giunto il momento.»

CAPITOLO 26

Il ragazzo. La ragazza. Cosa cercano? Dove si trovano? Cercano un rifugio, un luogo tutto loro, intimo, isolato. Si trovano in due angoli diversi della Terra. Uno qua, l'altra là. Chissà dove...

Aspettano. Attendono entrambi un incontro, inginocchiati sulle rive di un lago. Con ansia, con impazienza, con esasperazione. E lui si avvicina, compare davanti al loro sguardo senza pretesti, senza pregiudizi. Senza più nulla da celare, così com'è. Vivo e vero.

«Perché siamo qui?» gli domandano in un soffio «Cosa cerchiamo?»

Sesamo si inchina davanti a loro, afferra la loro mano prima di rispondere.

«Cerchiamo miracoli, qualcosa che vogliamo che Dio faccia per noi, qualcosa che non siamo in grado di fare da soli. Ma tu ora... alzati, non temere, io sono con te ogni giorno. Anche quando non ci sono, anche quando non ci sarò più. Senti la mia mano ora stretta nella tua. La sentirai ancora, per sempre.»

Il ragazzo. La ragazza. Entrambi sollevano il viso. Una lacrima sgorga dai loro occhi. Il loro dolore è chiuso lì, in quella stessa lacrima. Si alzano, aggrappati a Sesamo. E lui è un sostegno così forte per loro, così tenace. Lui si guarda intorno, di nuovo. Per lui sboccia la primavera, ovunque. Sempre. Tutto germoglia e la Terra risorge a nuova vita.

«Se mi ami, ama la mia Terra. Se mi ami, offri il perdono.»

Sesamo si allontana. Ma non li ha abbandonati. Ha lasciato un sorriso sui loro volti.

Perdono ha un nodo in gola. Ciò che lui non è stato in grado di fare in sette mesi, Sesamo l'ha compiuto in pochi istanti. Per entrambi. Ma va bene così. Va bene. Ora c'è lui, lì con loro. Ed è una gioia così grande! Una gioia che Perdono non credeva di poter provare. È di più. È felicità. Perdono sa cosa dicono della felicità; dura solo un attimo e nel momento in cui si comprende di averla vissuta è già passata... Ma cosa importa? La sua è davvero felicità.

Non può essere! I ragazzi lo sentono ora, eccoli che allungano una mano verso di lui. Stanno per raggiungerlo, per toccarlo. Cresceranno con lui ora, finalmente.

Perdono si volta per un attimo. Cosa accade? Una grande mano bianca si estende fino a sfiorare la fronte dei due ragazzi. Perdono riconosce quella grande mano.

«Zio Conforto... sei tu?»

Il vecchio angelo annuisce e sposta l'altra mano sul capo del piccolo angelo.

«Bravo Perdono, molto bravo davvero.»

«Davvero?»

«La pace è nei loro cuori ora. Ascoltali.»

Perdono si avvicina a loro, a entrambi. È vero, la pace è nei loro cuori. Ora si avviano per la loro strada ma senza perdersi. Eccoli, muovono infatti solo qualche passo. Sono ancora insieme, con la schiena appoggiata alla grande quercia. Nel medesimo istante.

Il ragazzo si raccoglie, si riscopre a pensare.

«Che cosa voglio? Questo è il problema. Voglio essere felice, felice, felice. Certo, è una risposta semplice. Forse fin troppo semplicistica. Semplice o semplicistica? Chissà! È quello che la maggior parte della gente qui vuole, chiede, pretende. È così scontato. Ma cos'è la felicità? Cos'è in sé? E soprattutto, cos'è per me? Per me. Cos'è? Cos'è? Rispondimi. Rispondimi, ora che sono in pace. Cos'è per me? Per me? Ti prego dimmi, rivelati a me. Felicità dove sei? Felicità cosa sei? Cosa sei per me? Perché, perché non mi cerchi mai? Perché non mi trovi mai? Io ti aspetto, ti aspetto da troppo tempo ormai. Ti vorrei qui adesso. Ti vorrei così tanto, così intensamente mia. Mia per sempre. Non mi abbandoneresti più. Non te lo permetterei. Mia per sempre.»

La ragazza si raccoglie, si riscopre a pensare.

«Lui non sa. Non ancora. Lui non vede, forse non sente. Non percepisce la mia presenza al suo fianco. Non crede sia possibile starmi accanto e accettarmi così come sono, per quella che sono. Vivere senza finzioni, senza false maschere e finte esitazioni. C'è poesia. C'è poesia tra di noi. Tra noi ora. C'è un messaggio scritto ma qualcosa di non detto, di non ancora chiaramente espresso. Non a parole. Mentre l'anima grida, senti anche tu? Grida per esprimersi, per lasciare che sia, per lasciarsi andare. Grida per te e per me.»

Eccoli, il ragazzo e la ragazza. Si stringono in un abbraccio nonostante la distanza, nonostante non si siano mai visti. E così facendo si sfiorano, col pensiero. Sentono lo stesso intenso profumo di fiori. La stessa melodia li raggiunge, li rinvigorisce. Li spinge ad amare di nuovo senza temere l'abbandono. Li incoraggia a vivere, a ritrovarsi, a riscoprire la loro innocenza.

La ragazza ora lo sa.

«Rivivi con me i momenti passati. Rivivi come prima, come quando i raggi del sole, il primo sole del mattino, sfioravano le tue gote pallide, accarezzavano i tuoi capelli d'oro. Rivivi con me i momenti passati. Rivivi i momenti in cui tutto sembrava perfetto e semplice e puro. Rivivi i momenti in cui io ti amavo, tu mi amavi... e questo ci bastava per vivere.»

Il ragazzo ora lo sa.

«La mia sete di te non si placa. Sei quella che torna sempre, quando il mondo mi sconfigge, quando gli altri mi affliggono, mi affogano, mi tormentano. Sei il sogno che non muore mai, la fantasia di un'estate, di un ricordo magico e irripetibile, irrinunciabile. La mia sete di te non si placa. Sei quella che arriva da me, mi raggiunge ovunque io sia, scuote via il mio dolore, allontana le frustrazioni, annienta il risentimento e mi risveglia e mi solleva e mi accarezza e mi sussurra piano: "Vivi, vivi per me..."»

CAPITOLO 27

Perdono sta esultando. Il suo entusiasmo è incontenibile. La sua missione ha avuto finalmente successo, un successo davvero insperato, anche se non interamente per merito suo. Avrebbe potuto pensarci prima e intervenire in modo più deciso. Ora in ogni caso spetta a lui proseguire nella realizzazione del progetto, condurre a buon fine il suo incarico. Qualcosa di molto bello e importante si sta costruendo proprio lì, davanti ai suoi occhi. Di questo ne è consapevole.

Non resta altro da fare che osservare, osservarli. E tornare laggiù, da loro, ancora una volta.

«Solo un volo, nell'anima, non lontano atterrerò...»

Eccoli. È notte. Decisamente molto strano, è notte per entrambi. Nonostante la distanza, lo spazio, il tempo e tutto ciò che li separa è davvero notte fonda. Per entrambi.

Che cosa pensano ora? Cosa si nasconde nel profondo dei loro cuori, nell'angolo più remoto dell'anima?

È notte per entrambi. Una notte priva di stelle, senza luce. Nessuna stella, ma un piccolo angelo a vegliare su di loro, sui loro rifugi. Un sospiro ed entrambi si muovono verso la finestra.

Tutto è silenzio, sono soli. Spalancata la finestra entrambi si affacciano, si tuffano nella notte buia. Nessuna stella e nemmeno la luna a fare loro compagnia.

Nonostante tutto rimangono lì, fermi, immobili; scrutano oltre quel buio, oltre la notte. Ma cosa guardano, cosa vedono?

Cosa si vede? È ciò che si chiede anche Perdono che per un attimo li osserva sconcertato. Cosa si vede? Cosa si può vedere in una notte così buia? Cosa si può cercare? Cosa si può sperare?

«Sperare...» sussurra Perdono colpito da un'improvvisa rivelazione. «Si può sperare...»

Perdono sorride. Sente che poco alla volta, passo dopo passo, si sta avvicinando al suo scopo. Prima ha donato loro il conforto e la pace, poi la speranza. Presto toccherà anche a lui. Ci vuole... Sì, ci vuole pazienza. Ma ora Perdono ha capito, non confonde più la pazienza con l'angelo della Pazienza.

Forse sta crescendo davvero. Del resto, non succede mai tutto in una volta. Tante piccole cose, tanti piccoli passi avanti. E avviene che un bambino non è più bambino. Ma cosa importa? Perdono sembra non badarci nemmeno.

L'unica cosa che conta davvero sono loro, i suoi protetti. Sono così semplici, così imperfetti eppure così belli. Sì, belli seppur insicuri, vulnerabili e ancora troppo fragili.

Il ragazzo e la ragazza sono ancora lì. Non si spostano, rimangono lì, aggrappati tenacemente a quella finestra. È un istante prezioso. Sono finalmente liberi. Liberi di affacciarsi alla finestra della vita e non provare sgomento, terrore. Perdono vorrebbe di più. Forse vorrebbe solo accellerare i tempi, vorrebbe...

Il ragazzo e la ragazza sollevano lo sguardo verso il cielo. La luna, un esilissimo spicchio di luna appare proprio ora a illuminare la notte scura. Passa un aereo. Un aereo nel cielo.

Perdono vorrebbe una storia d'amore, una storia d'amore vera. Nulla più. Ora è chiaro.

Nonostante tutto. Nonostante quei due non si conoscano affatto, non si siano mai incontrati in vita, non sappiano dell'esistenza l'uno dell'altra. Non è forse così?

Perdono è scosso da un brivido mentre la voce del ragazzo lo distoglie dalle sue riflessioni.

«No!
Non è la luce della luna
a farti così bella
questa notte,
bambina.
È la luce
dei tuoi occhi,
dei tuoi occhi
così luminosi e limpidi.
È la luce

del tuo sguardo,
del tuo sguardo
così puro e sincero.
È la luce
della vita.
È la luce
dell'amore.»

Perdono rimane esterrefatto, ma non ha abbastanza tempo per riprendersi perché la voce della ragazza lo raggiunge e lo risveglia.

«Come un canto
ancora qui,
ancora notte.
Ti rivedo,
ti riscrivo,
rivivo per te, di te.
E mi riscopro
a inventarti,
a dipingere
i tuoi occhi
di cielo sconfinato.
E gioco a immaginare
come sei.
Come un canto, una melodia,
vivi tu per me, in me,
un canto,
un coro celeste

che sorge dal profondo,
dall'anima.
È il canto
della vita,
è il canto
dell'amore.»

La ragazza chiude gli occhi e d'improvviso non è più lì. Il ragazzo si sente trascinare via, lontano.

Dove sono? Dove si incontrano e si stringono in quell'abbraccio che per la ragione umana non può essere, non può avvenire? Nessuno lo sa. Nemmeno Perdono. Ma accade. Le loro labbra si sfiorano in un bacio. Perdono vorrebbe dipingere quel nuovo ritratto, raffigurare quel momento ma non ne è in grado. L'immagine dei due si dissolve in fretta, si confonde, si mescola è improvvisamente non esistono più confini. Di loro è impossibile stabilire un inizio e una fine. I contorni si fondono in un'unica forma, un'unica figura.

«Perdono, si può sapere cosa stai combinando?»

Perdono si ritrova come per incanto nella sala del congresso di zia Speranza.

«Ma cosa faccio qui?» la interroga deluso «Io stavo...»

«Cosa ti avevo detto?»

«Cosa?»

«Perché non mi dai mai ascolto, Perdono?»

«Non è vero...» si giustifica Perdono, abbassando il viso ma alzando lo sguardo per osservare l'espressione severa di zia Speranza. «Io ti ascolto sempre.»

«Non negare. Ti ho visto bene! Te lo devo ricordare di nuovo? Questa non è una storia...»

«Non sono stato io!» la interrompe Perdono con impeto. «Io non ho fatto proprio niente. Ma tanto cosa importa, è bello così!»

Zia Speranza scuote il capo contrariata.

«Come dicevo... questa non è una storia d'amore, Perdono. Quei due non possono innamorarsi così! Non sarebbe normale né reale né logico. Solo assurdo. Non si conoscono, non si sono mai visti. Non sanno nemmeno che esistono. Non funziona così!»

«Ma forse...» interviene Perdono, concentrato sulle sue parole. «Forse sperano di esistere, sperano che l'altro da qualche parte, in qualche modo... esista. Comunque zia Speranza, veramente non sono stato io. Non ne sarei stato nemmeno capace anche se avessi voluto. Non so davvero se di solito funziona così, come dici tu non è il mio campo. Non so chi è stato, forse Amore, forse la Madama o forse... qualcuno ancora più grande di loro, di me e di te. Ma anche se è stato tutto vero, zia Speranza, a loro possiamo far credere che sia stato solo un sogno. Un bel sogno, ma solo un sogno...»

Zia Speranza osserva il piccolo angelo e sorride con tenerezza. Le sue parole hanno un senso ma non solo questo; possiedono anche coraggio, saggezza. Anche lei deve ammetterlo. Perdono sta veramente crescendo.

«Va bene...» approva convinta. «Facciamo credere che sia stato solo un sogno.»

«Un sogno vero...» aggiunge Perdono sottovoce. «Un sogno vero.»

Quando i sogni erano veri,
quando l'anima sapeva volare
oltre i muri,
oltre le pareti,
oltrepassare i confini,
i contorni,
i limiti
di questa realtà terrena.
Era lì che ti baciavo,
era lì che ti amavo.
Quando nessuna logica umana
bloccherà il suo fluire,
ma tutte le porte
si apriranno,
si spalancheranno
al suo passaggio
e l'anima
finalmente libera
scivolerà via
fino a raggiungere il cielo.
Sarà lì che ancora ti bacerò,

sarà lì che ti amerò.
Sarà lì che i sogni
torneranno
ad essere veri.

CAPITOLO 28

«Loro forse credono che sia stato solo un sogno...» sospira Perdono. «Non è vero. E comunque è meglio di niente. Meglio un sogno del niente. Il sogno può legarli e fare in modo che si incontrino ancora. Ma... cosa sto dicendo? Devo concentrarmi sul mio compito!»

Il conforto. La pace. La speranza. L'amore o almeno il sogno dell'amore. Il suo momento si avvicina, Perdono lo comprende sempre più lucidamente. Deve tenersi pronto. Manca così poco... così poco e i due ragazzi apriranno il cuore dopo tanto, tanto tempo, perdoneranno il male ricevuto, gli affronti subiti, il dolore sopportato senza colpa, tutti gli inganni di cui sono caduti vittima. La rabbia incontrollata del ragazzo, la tristezza inconsolabile della ragazza svaniranno, si dissolveranno. E infine loro saranno pronti, saranno i suoi messaggeri.

Una passione, oltre a un sogno, li legherà; la solidarietà, la consapevolezza che la vita non è soltanto il calcolo di ciò che ci è stato dato e ciò che ci è stato tolto. Non è una somma, non è una sottrazione. Cosa abbiamo ricevuto? Cosa ci è stato strappato?

No, la vita è di più, molto più di questo. È donare senza chiedere, senza pretendere qualcosa in cambio. Ma avranno tutto il tempo per scoprirlo. Questo... e ancora di più.

Dopo tante emozioni, Perdono sente il bisogno di riposare, solo per un po', di riprendere le forze. E pensare che senza Sesamo tutto questo non sarebbe stato possibile! Ma chi è in fondo Sesamo? Perdono non l'ha compreso ancora. Forse è vero quello che ha sospettato un giorno... forse Sesamo è davvero più angelo di lui.

Ma ora basta pensare, Perdono deve riposare, recuperare le energie mentre tutto va bene. Quando arriverà il suo momento, e arriverà presto, quando il suo intervento verrà richiesto, vuole essere preparato, nel pieno delle forze. Perdono chiude gli occhi.

«Solo per un po'...»

Perdono chiude gli occhi, solo per un po', senza sospettare che qualcuno è in agguato, pronto ad approfittare del suo leggero sonno, della sua breve assenza dalla scena.

Lui. Ancora. Sempre. Colui che non concede tregua, mai. Colui che da sempre trama nell'ombra, colui che sfrutta le debolezze umane a suo vantaggio. Il padrone delle tenebre. Lui. Dominio. Colui che lusinga il debole, lo incoraggia a seguirlo e lo spinge inesorabilmente verso tutto ciò che è sbagliato, verso la rovina, per poi abbandonarlo lì inerme, in trappola.

Eccolo, così alto, così imponente. Eccolo che si risveglia, si ridesta, si innalza, mentre Perdono incosciente chiude gli occhi... solo per un po'.

Quel ghigno sarcastico e poi quello sguardo pronto a corrompere, a devastare... Come contrapporsi alla sua potenza? Come smascherare i suoi perfidi inganni? Come resistere alle sue insidie prima di essere da lui annientati, risucchiati?

Troppo tardi. Fin troppo facile per lui approfittarsi della precaria serenità dei messaggeri di Perdono. E la pace appena raggiunta, il conforto, la speranza, l'amore o il sogno dell'amore... tutto crolla, tutto si svilisce tra le sue fauci.

Il ragazzo si sveglia in preda a un incubo terribile. Quel sogno, che cosa è stato? Quello che sembrava un sogno, anche bello, quasi reale, era solo uno scherzo crudele. Si è trasformato in un incubo. Chi era quell'essere, quel mostro orrendo che lo azzannava, lo divorava? Quanto rancore gli ha lasciato in petto, quanta frustrazione.

Il ragazzo odia, mai come prima. Odia se stesso e il mondo... il mondo che gli permette di vivere. Comprende che non possono più coesistere, uno dei due va annientato, disintegrato; il mondo oppure... se stesso.

«Questa rabbia non muore mai, non mi abbandona, torna sempre, più potente di prima. Ho voglia di distruggere, di fracassare il mondo, di farlo a pezzi. Con queste mani... Ho voglia di uccidere!»

La ragazza si sveglia di soprassalto, in lacrime. Le sembra che una mano le stia cingendo la gola. Stretta, sempre più stretta, fino a soffocarla.

Era un sogno così bello, così dolce! Quasi vero. Invece era solo finzione, apparenza. L'inganno di una bestia crudele che ora minaccia di devastare il suo corpo oltre che la sua mente. Cosa conta in fondo? Perché lottare? Tanto vale lasciarsi andare, abbandonarsi alla disperazione come e più di prima. Aspettando che presto sia tutto finito.

«Apparenza, solo apparenza. Ho lottato tutta la mia vita, ho dato tutta la mia vita contro l'apparenza, e in essa mi ritrovo oggi, mi si incolla addosso, mi umilia, mi strangola senza pietà. Una vita, un'intera vita fondata sull'apparenza. Non resisto più. Ti prego, finiscimi. Mi senti? Allora uccidimi...»

«Svegliati Perdono, presto! Lui la sta uccidendo!»

«Chi, cosa? Zia Speranza, cosa sta succedendo?»

Zia Speranza appare sconvolta. Perdono non capisce perché, non ricorda di averla mai vista così.

«Questo non doveva avvenire! È tremendo, sta usando le tue stesse armi contro di te, contro di loro!»

Perdono scuote il capo incredulo. È ancora avvolto nel torpore del sonno. La visione lo scuote a tal punto che per qualche istante non riesce più a parlare, a muoversi.

«Fermo, no! Cosa fai?»

La mano del ragazzo cinge con forza il collo esile della ragazza.

«Perché? Perché?»

Perdono lo raggiunge, si getta su di lui, afferra la sua mano, la trattiene tra le sue finché la stretta si allenta.

«Perché?» grida ora guardandosi attorno affannato.

«Vedo che ti sei svegliato, piccolo! Un risveglio un po' brusco, vero?»

«Dove sei? Chi sei?»

«Chi sono lo sai? Dove sono? Che domanda... Io sono ovunque!»

«Fatti vedere!»

«Come vuoi... ma sarebbe inutile. Io ho mille volti e nessun volto. Ma se ci tieni tanto, eccotene uno!»

Dominio si manifesta a Perdono in tutta la sua imponenza, la sua altezza.

«Non sei così brutto come pensavo!»

«Te l'ho già detto! Questo è solo uno dei miei mille volti. E di nuovi ne invento ogni giorno, ogni istante.»

«Perché loro?» lo interroga Perdono contrariato «Perché hai fatto questo?»

«È colpa tua. Perché tu li hai scelti, li hai voluti per te. E io ho approfittato del tuo riposo per riportarli a me, per corromperli e per fare in modo che si annientassero vicendevolmente.»

«Allora è colpa mia?» si convince Perdono.

«Sì, come vedi. Adesso vattene via, torna a dormire e lasciami finire il lavoro.»

«No, un attimo!» lo supplica Perdono. «Adesso sono qui, sono tornato!»

«Allora?»

«Allora per favore vai via, lasciali in pace. Non hanno già sofferto abbastanza?»

Una risata agghiacciante risuona ovunque, ricopre lo spazio attorno, come il frastuono di un temporale minaccioso. Perdono è sospinto via e perde l'equilibrio.

«Piccolo angelo sciocco! Non sai che non c'è limite alla sofferenza! Non ti hanno insegnato chi sono io...»

«Sì, ma...»

«Ma?»

«Io non te lo lascerò fare!»

Perdono è ancora un bambino. Un angelo bambino. E come tutti i bambini possiede un coraggio, una fiducia, una sfrontatezza che spesso agli adulti manca. Ora osserva Dominio e lo vede così com'è... bello, falso, crudele, altissimo ma non invincibile.

Poi osa dire tre parole che probabilmente un angelo adulto o anziano non pronuncerebbe mai.

«Io ti sfido!»

La risata risuona ancora più fragorosa e un vento impetuoso travolge Perdono.

«Io ti sfido!» ripete imperterrito il piccolo angelo.

«Mi sfidi perché credi così di guadagnarti il rispetto degli altri, di raggiungere le vette, le alte sfere celesti. Ti illudi, piccolo sciocco, non crescerai mai! Ma se ascolti la mia proposta, io potrò darti molto! Io ti farò crescere e diventerai forte, bello, vigoroso...»

«Io ti sfido! Non l'hai capito? Le tue parole non mi spaventano e nemmeno mi tentano, sono nulla per me. Mi senti, io ti sfido. Chiunque tu sia, Dominio o come veramente ti chiami... Chiunque tu sia, io sfido te e i tuoi mille volti e sono pronto a ripetertelo finché avrò fiato!»

Silenzio. Dominio rimane per un attimo perplesso, allibito da tanta audacia e determinazione. Ma si riprende subito, pronto a sfoderare tutte le sue carte. La presunzione, il fanatismo, la dissolutezza, l'inganno e tutte le altre. Tutte lì a sua disposizione, schierate, pronte a servirlo, a venerare il loro grande padrone.

«Bene! Sono pronto.»

Dominio riprende la sua opera proprio dove l'aveva interrotta. Torna ad accanirsi contro il ragazzo, afferra la sua mano, la solleva. Il ragazzo indietreggia con sguardo stravolto. Non riesce a controllare i suoi gesti, ha perso padronanza del suo stesso corpo. La ragazza intanto scivola per terra. Chi l'ha spinta con tanta violenza?

«Questo non è giusto!» grida Perdono indignato «Perché te la prendi con loro?»

«Colpisco loro per colpire te!» replica Dominio senza scomporsi.

«Ma questo... non è onesto!»

La ribellione di Perdono suscita ilarità nel suo avversario.

«Onesto? Io? Ho pensato per un attimo che tu fossi coraggioso, angioletto paffuto, invece no... sei solo stupido!»

Perdono darebbe qualsiasi cosa per proteggere i suoi ragazzi. Ma è la beffa ora, l'ingiuria a scatenare il suo istinto contro l'acerrimo nemico. Cosa può fare per replicare a dovere? Cosa possiede a sua disposizione?

Perdono senza riflettere troppo gli scaraventa addosso tutte le pietre di Lilia, tutte quelle che si ritrova nelle mani. Così, senza badare al colore, senza meditarci sopra.

Dominio si ritrae, per un attimo perde il controllo, allenta la presa. Il tempo necessario per consentire a Perdono di riequilibrare la situazione e permettere al ragazzo di sfuggire alla stretta che lo opprimeva, alla ragazza di rialzarsi e riprendere fiato. Dominio, almeno per il momento, scompare, si mimetizza. Perdono però sa che la tregua durerà poco e attende inquieto la sua prossima mossa.

CAPITOLO 29

Perdono non sa come il suo avversario colpirà e quando. Ora ha imparato a conoscerlo. Teme il peggio. Attenderà di certo una sua distrazione, una sua svista per attaccare i suoi protetti nel modo più subdolo e meschino. Sono loro il suo bersaglio. Questo è chiaro!

Perdono deve vegliare su di loro. Deve prestare attenzione, non perderli di vista.

Se solo potesse chiedere aiuto! Se ricevesse il sostegno di qualche altro angelo, senza dubbio sarebbe più semplice! Ma no, non sarebbe giusto coinvolgere altri. È la sua missione, è contro di lui che il nemico si è accanito! Deve cavarsela da solo. Ma come? Deve pensarci, cercare di non commettere errori.

Bene, sembra che, per il momento, il suo grande rivale abbia rinunciato all'intento. Un po' di tempo è trascorso, ma il ragazzo e la ragazza non hanno più subito attacchi. Certo, non fanno progressi come Perdono avrebbe sperato. Ma almeno la situazione è stabile. Non migliora ma nemmeno degenera.

Forse... Perdono non vuole crederci ma forse lo ha spaventato a tal punto che non oserà più farsi vedere. Forse lo ha davvero sconfitto, non ostacolerà più la sua missione.

Perdono non vuole illudersi. Sarebbe troppo facile. Meglio stare all'erta.

Nel frattempo continua a seguirli, instancabilmente. Ormai è parte della loro esistenza quotidiana, del loro trascinarsi qua e là per il mondo, a volte senza meta, senza prospettive. Ma apparentemente è solo così che sanno vivere.

Nulla muta. Soltanto il tempo, il trascorrere delle stagioni. Passa così un'altra primavera, un'altra estate. Arriva l'autunno. Un autunno un po' strano, forse un po' stanco, un autunno che non si decide a prendere il sopravvento sul caldo dell'estate.

Finché avviene ciò che non doveva avvenire, ciò che non era destino che avvenisse.

E allora l'autunno non si fa più attendere, non tarda a sopraggiungere. Foglie morte ovunque, fiori appassiti e anche gli animali sembrano aver perso vita, vivacità.

Il ragazzo se ne accorge passeggiando per il parco proprio quel giorno. Avverte una sensazione sgradevole, di pericolo imminente.

È autunno, certo. In autunno cadono le foglie, i fiori appassiscono. Tutto per poi rinascere di nuovo in primavera, per sbocciare a nuova vita. È logico, normale. Eppure... qualcosa non lo convince.

La ragazza si trova completamente smarrita in quel parco così grande. Sembra non riconoscerlo più. Le appare ora come un giardino distrutto, trascurato, tetro. Ha paura e non sa perché. Nota altra gente passarle accanto, sfiorarla. Evidentemente non provano i suoi stessi sentimenti.

È autunno, certo. Cambiano i colori, ma... che lei ricordi non sono mai stati così spenti, sbiaditi. Non le hanno mai provocato una sensazione così netta di devastazione, di rovina.

I due ragazzi si guardano attorno confusi. Si trovano lontani, tanto lontani ma provano le stesse emozioni, sono attraversati dagli stessi brividi.

«Perché?» si chiedono contemporaneamente «Perché?»

Un'idea li illumina. Intravedono un uomo, dalla divisa che indossa sembra uno dei custodi del parco.

«Mi scusi...» domandano cortesemente. «Avrei bisogno di un'informazione.»

«Dica pure...»

«Non so se lei lo conosce, ma... Ha incontrato recentemente l'uomo che passeggia sempre nel parco? Si aggira sempre qui, a tutte le ore, tra la grande quercia e il lago.»

«Arriva un po' tardi...»

«Se n'è già andato?»

«Direi di sì, se n'è andato definitivamente.»

«Come?»

«L'hanno trovato lì, addossato alla grande quercia.»

«Non può essere!» I due ragazzi si sentono mancare.

«Vuole sapere una cosa davvero strana? Sorrideva!»

«Dove l'hanno portato?»

«Ah, io proprio non lo so! L'hanno portato via... Non credo avesse qualcuno.»

«Non può essere!» ripetono il ragazzo e la ragazza increduli. «Non doveva essere!»

«Non doveva essere!» piange Perdono facendo loro eco. «Questo davvero non doveva essere! Non doveva prendersi Sesamo, no... Non è giusto!»

Come poteva il piccolo Perdono, con la sua inesperienza, aspettarsi un tiro così subdolo, meschino?

«È colpa mia! L'ho trascurato. Non l'ho più cercato. Non doveva andare così! Dovevo prevederlo!»

Perdono doveva prevederlo. Prevedere che il malvagio Dominio, lasciando temporaneamente in disparte i suoi protetti, avrebbe rivolto le sue attenzioni altrove. A Sesamo, colui che aveva creato tra loro un vero legame, colui che aveva risvegliato la loro anima.

Perdono osserva il ragazzo e la ragazza. Inginocchiati davanti alla grande quercia, ognuno nel suo angolo di mondo, ormai separati tra loro, ognuno stretto al suo dolore, senza più nulla da condividere.

Cosa importa ormai? Cosa importa se colui che li aveva uniti è stato trascinato via per sempre, irrevocabilmente.

«Il tuo giardino...» sussurra la ragazza nascondendosi il volto tra le mani.

«...è distrutto!» aggiunge il ragazzo scuotendo la testa sconfortato.

«E tu non torni più» concludono entrambi.

Perdono se ne avvede. Si respira ovunque, lì intorno. È la morte. Anche per il ragazzo e la ragazza, non solo per Sesamo. La morte dell'anima.

CAPITOLO 30

«Non era il suo destino!» si lamenta Perdono sentendosi sempre più afflitto «Non è giusto. Non era il suo destino!»

Rinchiuso così nel suo dolore Perdono ha dimenticato tutto il resto. Anche loro. Soprattutto loro. Il senso di colpa, il rimorso non lo abbandona.

Non ricorda di aver mai provato una sofferenza così immensa, così totale, devastante.

Sesamo... Come ha potuto trascurarlo così? Perché non ci ha pensato? Perché ha permesso che diventasse bersaglio innocente di quel terribile essere?

«Non era il suo destino!» ripete Perdono continuamente, senza darsi tregua.

Perdono ha ragione. Non era il suo destino. Ma ormai è successo e non c'è più nulla che lui possa fare per tornare indietro a modificare il corso degli eventi. Nulla.

«Perché? Perché?»

Inutile impegnarsi per trovare un senso a ciò che è avvenuto. Non esiste. Le lacrime del piccolo angelo non troveranno risposta né consolazione.

Questo è Dominio, il suo nemico. Manifestato in tutta la sua crudeltà. Questo è il modo in cui ride dei sogni e cambia il destino delle persone.

Ora Perdono l'ha capito; troppo tardi purtroppo ma l'ha capito.

Il piccolo angelo è disperato. Non sa fare altro che piangere la sorte avversa e ingiusta del caro amico. Non può reagire ora. Non gli resta che lasciarsi andare, ammettere la sconfitta e permettere che tutte le sue speranze e i suoi sogni rimangano avvolti e imprigionati nel buio tenebroso di Dominio.

«Perdono, Perdono per favore svegliati...»

«Zia Speranza, dove sei? Sento la tua voce ma non ti vedo...»

«Sono qui Perdono. Davanti a te.»

«Non riesco a vederti, zia Speranza. Dove sei?»

Il piccolo è ancora assopito. Pur tenendolo stretto sulle sue ginocchia, zia Speranza non riesce a destarlo.

«Svegliati, Perdono.»

«No, è tutto perduto ormai. È colpa mia.»

«Non è tutto perduto. C'è ancora qualcosa da salvare. Ma ora svegliati, svegliati Perdono.

Perdono finalmente apre gli occhi.

«Zia Speranza... è tutto finito! Cosa posso fare ora? Sono stato sconfitto!»

«Non è vero» replica zia Speranza severa. «Ci sono ancora loro... o li hai dimenticati?»

«Ma...» si difende il piccolo angelo. «Ma... Sesamo è morto...»

«Ma loro ci sono ancora, Perdono. Dopo tutto quello che hai fatto per loro, dopo averli scelti e protetti per così tanto tempo, dopo aver rinunciato addirittura alla tua prima convocazione alla riunione angelica... vuoi abbandonarli così?»

Perdono sbuffa e si stringe nelle spalle.

«A quei due non importa niente di me! Non mi ascoltano, non mi sentono. L'unico che mi vedeva, che mi sentiva era Sesamo. Ormai nulla ha più senso, la mia missione è fallita.»

«Allora vuoi davvero che il suo sacrificio sia stato inutile?»

Perdono improvvisamente si scuote e spalanca gli occhi incredulo.

«Il suo...?»

«Sì, hai sentito bene, Perdono. Il suo sacrificio. Sesamo si è consegnato spontaneamente, senza lamentarsi, senza tremare. Ha fatto un patto, per questo i tuoi protetti non hanno subito attacchi per così tanto tempo. Sesamo ha dato la sua vita per te e soprattutto per loro. Ma se tu adesso rinunci così alla tua missione... il suo sacrificio sarà stato vano.»

CAPITOLO 31

Zia Speranza l'ha convinto. Perdono non può abbandonare così i suoi protetti. Non senza un ultimo tentativo. Un ultimo sforzo prima di ritenersi completamente sconfitto. Un ultimo volo. Un'ultima visita al ragazzo e alla ragazza.

«Solo un volo...»

Perdono si sente soffocare questa volta e davvero non ne comprende la ragione. Non riesce più a canticchiare la sua allegra filastrocca di incoraggiamento e tantomeno a spiccare il volo.

«Non ci riesco... ma perché?»

Perdono ha perduto tutte le energie ma soprattutto l'entusiasmo, l'ottimismo, la fiducia di portare a buon fine la sua missione.

«Ancora un tentativo... devo concentrarmi.»

Perdono sospira. Deve almeno vederli un'ultima volta, scoprire se stanno bene. Poi li lascerà liberi. Liberi di tornare due comuni mortali com'erano prima. Liberi di lui. Per sempre.

«Devo riuscirci, altrimenti...»

Altrimenti il sacrificio di Sesamo sarebbe del tutto inutile!

«Solo un volo, nell'anima, non lontano atterrerò...»

La ragazza, eccola lì, nella sua casa. Perdono ne è stupito. Non aveva mai notato un'espressione così dura, ostile, sul volto della ragazza. Sarà un caso? Cosa farà ora?

Perdono la osserva mentre si prepara per uscire. Ma dove andrà così tardi? È notte fonda, ormai. E che strano vestito... Ma la ragazza va di fretta, corre così forte che Perdono non riesce più nemmeno a guardarle il viso. Strano, non è da lei.

«Fermati un attimo, ragazza, ti prego.»

Ubbidendo all'ordine di Perdono la ragazza si ferma e inconsapevolmente si volta proprio verso di lui. Eccolo, il suo viso! Irriconoscibile. Sembra sfidarlo. Mascherato da tanto, troppo trucco. Così volgare, così non suo. È a questo che l'ha ridotta il suo nemico? A trasformarsi in qualcuno che non è mai stata.

Perdono non ha il tempo di riflettere, non ha nemmeno il tempo di rattristarsi. La ragazza esce sbattendo forte la porta e lasciandolo lì, solo nella sua casa, a piangere.

Il ragazzo, eccolo lì, come sempre fuori, in compagnia. No, non questa volta per la verità. Gli altri se ne vanno, si allontanano, lo rifiutano sdegnati. E lui rimane solo. Sembra tranquillo, stranamente. Lento e pacato. Non è da lui.

Perdono dovrebbe esserne lieto. Potrebbe essere un progresso, almeno da parte sua. Ma non lo è. L'atmosfera è terrea e il ragazzo... così pallido, svilito. Cammina a fatica, anzi barcolla. Poi un altro gli si avvicina. Ma chi è? Perdono continua ad osservare e si fa ancora più avanti, fino a raggiungerli. L'altro se ne va. Il ragazzo rimane di nuovo solo. Cosa tiene in mano?

«Cos'è, ragazzo?» gli chiede Perdono. «Cos'è?»

Quando comprende è già troppo tardi per rimediare. Non gli resta che rassegnarsi. Perdono abbassa il viso, non vuole guardare. E si allontana in lacrime.

Il bambino ora piange. Tutte le sue lacrime. Non ci è riuscito. Non ha avuto successo. Ma perché? Perché mai? Si è impegnato tanto! Non ci è riuscito. Non è riuscito a entrare nei loro cuori e a cambiarli. Non è stato accettato. La ragazza e il ragazzo proseguono per la loro strada. Imperterriti. Niente perdono. Non esiste perdono. Perdono è stato sconfitto. Resterà un bambino, non crescerà mai. Eppure, eppure si è impegnato tanto! Li ha scelti con cura. Li ha sentiti ardere nel cuore e così ha capito che erano proprio loro. Non ha avuto dubbi. Ma allora perché, perché non ha funzionato? Cosa è intervenuto ad annullare le sue buone intenzioni? Dominio! Naturalmente, sembrava tutto troppo perfetto. E allora Dominio è intervenuto a modificare il corso degli eventi, a creare un destino diverso, un destino tutto sbagliato. Qualcosa che non avrebbe mai dovuto essere. E ormai è troppo tardi per rimediare. Il bambino trema, si morde il labbro e si sente bruciare le lacrime agli occhi.

Nonostante il dolore, nonostante la disperazione e la consapevolezza che ormai tutto è perduto, Perdono vuole vederli, ancora. Non sa ancora rinunciare a loro. Una lieve fiamma arde ancora in lui. Il ricordo di Sesamo. Il pensiero del suo sacrificio. Per cosa? Per chi? Per quei due?

Eccola! Lei passeggia per la strada affollata, avanti e indietro, meccanicamente, senza tregua. Sorridendo maliziosa ai passanti. Attirando gli sguardi. Con quegli occhi appesantiti da un trucco eccessivo.

Eccolo! Lui non si regge proprio in piedi e infatti crolla giù, pesantemente al suolo. Nessuno lo vede. Tutti lo oltrepassano senza prestargli attenzione. Meglio ignorare certe presenze!

E Perdono, piccolo angelo, cosa può fare ora? A chi può invocare soccorso? Sesamo se n'è andato. Forse... la Madama? No, piccolo angelo, la Madama non ti può proprio aiutare ora.

Nemmeno lei è in grado di trovare una via d'uscita da questa storia, da questa serie di complicazioni in cui è rimasta intrappolata. La Madama non ha più energia, non ha quasi più la forza di continuare. Potrebbe anche decidere ora, proprio ora, di cedere e di lasciare tutto così com'è! Potrebbe convincersi ad abbandonare i tuoi protetti al loro triste destino. Poco conta se non era il loro destino. A chi potrebbe importare?

«A me importa!» si ribella Perdono ardentemente. «Io non accetto questa realtà! Mai! Mai e poi mai!»

Ma come? Come farà il piccolo angelo del Perdono, da solo, a cambiare il destino?

Ecco come. Sicuramente non da solo. Non è del tutto certo di avere successo, di riuscire nell'impresa. Ma se non ci prova non lo saprà mai.

Perdono si ritrova nel parco, l'ultimo in cui ha incontrato Sesamo. È lì, tra la quercia secolare e il lago. Lo sente ancora.

Una luce bianca, in lontananza... Ecco, anche il bel cigno bianco appare in suo soccorso.

Ora Perdono deve esprimersi, è giunto il momento. Deve esprimere a parole le sue sensazioni, i suoi desideri. Deve esporre la sua richiesta, rivelare il suo segreto.

«Non mi importa più di crescere! Davvero, non mi importa... Dio, tu che mi osservi da lassù, tu che puoi tutto, tu che ti trovi molto, molto in alto, tu che tutto vedi...» Perdono respira per ritrovare la concentrazione. «Ascolta ora la mia preghiera. So, so che sono solo un angelo bambino. So che qui... ho rovinato tutto, sono stato maldestro, ho combinato un gran disastro, ho invaso i campi degli altri angeli, ho sfidato da solo il nemico e alla fine ho mandato a monte tutta la missione che mi avevi affidato. Ho lasciato che Sesamo si sacrificasse, che morisse per colpa mia, ho abbandonato i miei prescelti al loro destino... Ma davvero, mio Dio, io sento che quello non può, non deve essere il loro destino! Perciò ti prego, ti imploro, dimentica pure per sempre la mia richiesta. Non ti chiederò più, mai più, di farmi crescere. Cercherò di non dare più fastidio neanche agli altri angeli, non mi occuperò più dei loro compiti. Non sarò più così curioso e invadente. Sarò buono, ubbidiente e farò tutto quello che mi chiedono. Ma ti prego... quello non è il loro destino! So che tu puoi fare qualcosa, sento che non è troppo tardi per loro. Per questo ti supplico, ti prego... salvali! Salva i miei protetti. Salva il ragazzo e la ragazza.»

CAPITOLO 32

Non c'è altro che Perdono possa fare ora. Solo aspettare. Attendere la risposta alla sua preghiera, qualunque essa sia. E accettarla, qualunque essa sia. Perché le preghiere ottengono sempre una risposta. Anche se a volte non la si percepisce, non la si comprende immediatamente, non la si sa interpretare. La risposta arriva comunque. Sempre. Così anche questa volta. Così anche per lui. Che cosa gli rimane?

Un sussurro gli giunge inaspettato:

"Tutto oppure niente. Forse ben poco."

Ma che risposta è? Tutto oppure niente. Forse ben poco.

«Aiutami...» supplica Perdono confuso. «Aiutami, non capisco. Cosa significa?»

Tutto. Oppure niente. Perdono prova a riflettere. Tutto... crede di aver perso tutto, in effetti. I ragazzi hanno preso strade sbagliate, la sua missione è stata un fallimento totale. Oppure niente. Niente, è vero... non gli è rimasto niente. Però c'è sempre quella negazione in mezzo... oppure. Forse ben poco. Certo, gli è rimasto ormai ben poco in cui credere, in cui sperare. Forse.

Perdono si è perso davvero, non riesce a trovare soluzione all'enigma. Gli sembra di trovarsi rinchiuso in un labirinto da cui non riesce a uscire.

Continua a riflettere. Tutto è il contrario di niente. Tutto oppure niente. Oppure. Ha perso tutto. Oppure niente. Nel senso che non ha più nulla da perdere? Tutto da guadagnare?

«Ho perso tutto. Non ho più niente. Ho tutto da guadagnare. Non ho più niente da perdere!»

Tutto. Niente. Certo, basta ben poco. Basta cambiare il punto di vista per rendere l'affermazione negativa o positiva. Ma allora?

«I ragazzi. La missione. Il perdono. Non ho più niente da perdere, ormai. Tutto da guadagnare, da riguadagnare. Devo solo cambiare...» Perdono medita per qualche istante sulla parola adatta. «Cambiare atteggiamento! Sì!»

Cambiare atteggiamento di fronte alla sconfitta, di fronte al dolore, al rimpianto.

«Va bene, ho capito adesso. Ma cosa posso fare, cosa mi è rimasto? Forse davvero poco.»

Le pietre di Lilia... Ne sono rimaste due di quelle che ha lanciato contro Dominio. Solo due. Forse ben poco, ma chissà...

«Grazie!» esclama Perdono. «Non so ancora cosa farne, ma grazie!»

Perdono attende qualche istante, immerso profondamente nei suoi pensieri. Poi esclama:

«Qualche suggerimento è sempre ben accetto!»

Il tempo passa. Perdono non sa ancora cosa fare. Certo, potrebbe prendere le pietre, sbatterle in testa ai due ragazzi e sperare che qualcosa avvenga. Ma... se non funzionasse così?

«Insomma, se qualcuno ha qualche idea...»

Ancora niente. Finché:

"Solo un soffio..."

Ecco. Un altro enigma. Perdono davvero non resiste più. Solo un soffio. A volte, solo un soffio... qualcosa succede oppure no. Solo per un soffio si può vincere oppure perdere.

«Solo un soffio e... si cambia vita. Destino.»

"Destino" medita Perdono senza tregua. "Destino."

Perdono prende ad osservare le due pietre. Sembrano uguali, identiche. Stesso colore azzurro chiaro, stessa grandezza. Ma non lo sono, sono due. E allora? Perdono si perde continuamente, è successo di nuovo. Ma dove vuole arrivare?

Ricapitolando. Ha due pietre donategli da Lilia, la signora del lago. Sono azzurre e del tutto simili. Simili o uguali? Non importa, fa lo stesso. Oppure no?

«Mi sono perso!» piange Perdono, disperato «Mi sono proprio perso. Insomma, sono un bambino, ma cosa vi aspettate? Cosa pretendete?»

Ancora una volta. Da capo. Le due pietre sono uguali identiche... ma non sono la stessa cosa.

«Lilia, signora del lago, cosa devo fare di queste due pietre? Cosa mi avevi detto? Vediamo di ricordare...»

"Ognuna di quelle pietre ha un significato particolare. Possono essere diversi, infiniti... Possono essere, per esempio, i desideri inespressi, i sogni delusi, le parole non dette di chi si ferma a riflettere sulle rive del lago. Oppure tantissime altre cose. Le pietre colorate sono pensieri. Pensieri d'amore, d'amicizia, di solidarietà... oppure anche pensieri tristi."

"I sogni delusi sono blu, così come la tristezza. Le cose non dette e le speranze naufragate sono solitamente verdi. Ma ricorda che, comunque, la speranza non muore mai. E anche la tristezza può lasciare spazio alla gioia, al sorriso. Quindi... nulla è stabilito inderogabilmente, nulla è scontato."

Perdono giunge alla rivelazione.

«Nulla è stabilito inderogabilmente, nulla è scontato. Ma allora... le pietre in sé non hanno un vero significato! Quando le ho usate sono stato io, io a dare loro un significato. Io ho deciso, ho scelto. Per questo possono essere tantissime cose, il colore non c'entra. Forse anche le pietre non c'entrano, non hanno un vero potere! Lilia me le ha date solo per farmi coraggio, per farmi credere che avessi un'arma a disposizione.»

Perdono sospira, si sente vicino alla soluzione.

«Queste due pietre possono essere uguali o simili o anche identiche... ma non sono la stessa cosa! Certo, se scelgo l'una non scelgo l'altra. Se scelgo l'altra devo lasciare l'una. E allora… come si chiama questa cosa? Se faccio una scelta spontanea, senza forzature. Una o l'altra? Libertà di scelta.»

Perdono si sente sfinito e non è il solo. Sta incominciando a capire tante cose. Come funziona la mente, come funziona il mondo.

«Libertà di scelta. Libero arbitrio. È quella cosa che io volevo sapere e zia Speranza non voleva o non sapeva come spiegarmi. Certo, non ci sarei mai arrivato tempo fa. Ma ora sì. Ora posso. Ora tutto è possibile!»

Non c'è una sola strada percorribile. Ce ne sono tante. I ragazzi di Perdono hanno scelto la strada sbagliata, la più pericolosa. Ma non è detto che le cose non possano cambiare.

«Grazie Lilia! Grazie zia Speranza! Grazie Dio!»

Tutto può cambiare. C'è sempre una via d'uscita. Anche da una vita sbagliata. Anche da un labirinto inestricabile. Sempre.

«Allora, anche per il ragazzo e la ragazza c'è una via d'uscita» conclude Perdono. «Devono solo trovarla. È semplice! Ma perché ci ho messo tutto questo tempo per capire qualcosa di così semplice?»

Perché così capita. A volte si perde tempo prezioso girando e rigirando attorno alle cose senza giungere a una conclusione, senza rendersi conto che la soluzione spesso è proprio lì, sotto agli occhi. Ma del resto, a volte è necessario pensare, riflettere. A volte è anche necessario sbagliare, commettere errori per poi comprendere cosa si è rischiato di perdere.

Perdono si avvia, non vuole più perdere tempo, non vuole più perdersi. I suoi ragazzi hanno bisogno di lui, ora, immediatamente. Con le lacrime agli occhi Perdono intona la sua canzone.

«Solo un volo, nell'anima, non lontano atterrerò...»

Eccoli lì. Entrambi smarriti. Entrambi rinchiusi in un destino sbagliato, non loro. In un labirinto.

«In un labirinto...» ripete Perdono, lanciando su ognuno di loro una delle due pietre rimaste. «Voglio chiudervi in un labirinto, con tante strade che sembrano tutte uguali ma sono tutte diverse. Il vostro compito è uscirne. Potreste anche uscirne imbrogliando, percorrendo una strada fasulla, ma sappiate che verrete smascherati un giorno. Sta a voi, solo a voi trovare la strada giusta. Questo è il mio desiderio, questo è ciò che le pietre faranno ora per me... Perché io ho deciso, queste sono le pietre del gioco delle vite parallele!»

Il gioco delle vite parallele. Una vita. Tante strade, tante vite. No, non tante vite per la verità. Tanti, svariati modi in cui condurre una vita. E i due ragazzi vi si trovano proprio in mezzo. E Perdono è ancora un po' incerto, teme di aver rischiato troppo, di aver peggiorato la situazione, di averli confusi ancora di più mettendoli davanti a così tante prospettive ma a una sola scelta. Però... deve aver fiducia. Fiducia in loro oltre che in se stesso. Senza fiducia non si arriva mai molto lontano. Non si arriva proprio.

Le strade del ragazzo, le sue vite. Quante, quante strade. Ovunque si giri e si volti rischia sempre di andare a sbattere contro qualcuno o qualcosa. Rischia di scontrarsi di nuovo contro se stesso, contro la sua rabbia, contro la sua indifferenza. Contro il suo cuore ormai indurito, la sua rassegnazione.

Le strade della ragazza, le sue vite. Quante, quante strade. Ogni suo sogno è stato spezzato troppo presto, ancora prima di esprimersi e spiccare il volo. Teme di scontrarsi di nuovo contro l'apparenza, contro la sua tristezza, contro il suo rimpianto. Contro il suo cuore ormai indurito, la sua rassegnazione.

«Va bene, va bene» ammette Perdono. «Me lo aspettavo che non sarebbe stato facile con questi due. Ma io non cedo! Avanti... impegnatevi un po'!»

Il cuore dei due ragazzi si è indurito. Non riescono a scegliere tranquillamente. Il cuore non li ascolta, se ne sta soffocato, in silenzio. Sono ancora rinchiusi nel labirinto. Stanno ancora percorrendo le loro diverse strade nel gioco delle vite parallele. A cosa li condurrà questa scelta? Quante possibili alternative? E poi?

«Il loro cuore è indurito» conclude Perdono. «Per questo hanno scelto strade sbagliate! Non si può scegliere la strada giusta con un cuore arido! Ma cosa si può fare? Sono così da quando hanno saputo della scomparsa di... Sesamo. Sesamo!»

Perdono ha un sussulto. Questa strada che lui e i due ragazzi stanno percorrendo insieme non è delle più semplici. A Perdono sembra quasi di costruire un castello con loro, partendo dalle fondamenta fino ad arrivare in cima, in alto, sempre più in alto. Gli equilibri sono fragilissimi.

Sesamo. Quali sono state le parole di Sesamo ai due ragazzi? Perdono è pronto a sussurrarle:

«Non temere, sono con te ogni giorno. Anche quando non ci sono, anche quando non ci sarò più. Senti la mia mano stretta nella tua. La sentirai ancora, per sempre.»

Sono davvero le parole di Sesamo. Oppure...?

«Se mi ami, ama la mia Terra. Se mi ami, offri il perdono.»

Qualcosa in loro sembra risvegliarsi. I due ragazzi spalancano gli occhi. L'immagine di Sesamo è lì, davanti a loro. Il ricordo del caro amico, del dolce poeta incompreso dal mondo li accompagna, li allontana da quelle strade, da quel destino non loro, mai stato loro. Passa un aereo e loro lo salutano con la mano. Un aereo nel cielo.

«Grazie, Sesamo!» esclama Perdono. «Mi hai aiutato ancora e io...»

Sesamo appare davanti ai suoi occhi e Perdono rimane senza parole.

«Sono anche con te, piccolo angelo, chiamami e io ci sarò sempre.»

Sesamo è rivestito di luce. Ma che angelo è? Perdono aveva ragione; Sesamo è più angelo di lui, lo è sempre stato. Passeggia sereno nel giardino di nonna Fede. Dove può finalmente ascoltare il vento e parlare alle stelle.

I ragazzi hanno aperto gli occhi. Una luce li conduce fuori dal labirinto. Il velo scuro si è dissolto. C'è voluto del tempo ma vedono chiaramente ormai. La loro vita; com'è e come potrebbe essere. Questo il gioco delle vite parallele, pericoloso a volte. Il gioco dei fatidici se. Formulano un interrogativo, esprimono un'emozione, lasciano parlare il cuore.

«Cosa ne sarebbe di me se ritrovassi la pace, la speranza, la carità?»

Perdono sorride, non si sarebbe mai aspettato tanto da loro, li aveva sottovalutati. Ma le sorprese per lui non sono ancora finite. I due ragazzi stanno per fare al piccolo angelo il più bel regalo, il più inatteso, la prova che la sua scelta è stata davvero giusta.

«Come cambierebbe la mia vita se imparassi a perdonare?»

CAPITOLO 33

Un ragazzo. Una ragazza. Una sola voce ormai. Gocce nell'oceano.

Hanno accolto, accettato la sfida; porteranno il perdono nel mondo. Ora lo sanno, ne sono consapevoli. Sono gocce nell'oceano.

Il piccolo angelo ha vinto la sua battaglia. Proprio quando non ci sperava più, quando stava per rinunciare a tutto... a se stesso, alla sua missione, ai suoi protetti. Chi l'avrebbe mai detto che lui, proprio lui, alla fine ci sarebbe arrivato? Certo, è solo l'inizio. C'è ancora tanto lavoro da svolgere, tanto cammino da percorrere.

Il ragazzo si lascia cadere vicino alla grande quercia e vi si appoggia. Si sente ancora sfinito, forse l'emozione è stata troppo forte. Si rende conto, per la prima volta nella vita, del battito del suo cuore. Percepisce chiaramente il ritmo delle pulsazioni. Non avrebbe mai creduto che stando così fermi, in silenzio, si potesse provare tanta pace e allo stesso tempo tanta... voglia di vita.

Tutta quella rabbia, quel risentimento, cosa gli hanno portato in fondo? Ancora più rabbia, ancora più risentimento. Ancora più dolore. Perché?

«Perché tutto questo? Cosa ne è stato di me? Sono così lontano dall'uomo che lei pregava che diventassi!

Perdonami, mamma, da dove tu sei guardami; ora puoi finalmente riposare tranquilla, ora puoi stare in pace. Fidati di me! È ora di cambiare, di ricominciare tutto da capo. È passato così tanto tempo. E io mi sento così sereno e... quasi felice. Se questa è la sensazione che dà il perdono voglio che non mi abbandoni mai più, ne farò la mia missione, per il resto della mia vita. Perdono, rimani con me...»

La ragazza si inginocchia sulla riva del lago. Allunga una mano fino a raggiungere il cigno bianco. Sente che la malinconia la sta abbandonando, poco alla volta. È una sensazione piacevole, come guarire da un'influenza, come riprendersi da una febbre che ti ha indebolito e lasciato senza energie. Poco alla volta le forze torneranno, questo lo sa. Bisogna andare avanti, passo dopo passo. Ha tanta voglia, ora, di essere forte, di essere coraggiosa, audace... e forse anche intraprendente. Di osare quello che non ha mai osato. Di smettere di nascondersi, di sfidare davvero l'apparenza che l'ha da sempre oppressa. Non solo con le lacrime.

«Quanto desidero essere davvero coraggiosa. Sono così diversa dalla donna che lui amava in me. Perdonami, mio caro, e grazie dell'amore che mi hai dato. Ma ora, mi vedi vero? Allora sai che puoi stare tranquillo, me la saprò cavare. Fidati di me e scusami se ti ho fatto soffrire, se ti ho deluso. Starò bene ora, sono cambiata, qualcosa di profondo è mutato in me. Questa pace è così totale, sono... quasi felice. Non riesco a credere che il perdono abbia avuto questo effetto su di me. Ma è vero! Se è così ne farò la mia missione per il resto della mia vita. Perdono, rimani con me...»

Il ragazzo, la ragazza, una sola voce ormai.
«Siamo solo gocce.
Gocce nell'oceano.
Perse nell'immensità.
Lontane ma vicinissime.
Staccate ma congiunte
in un abbraccio perenne.
Due anime ma una sola verità.
Ci sentiamo, ci stringiamo
col pensiero.
Il passato ci ha ferito,
ne portiamo le tracce
sul volto, negli occhi.
Il dolore ha diviso in due
il nostro cuore
per poi ricostruirlo ancora
più forte, più ardente,
più desideroso di amare.
La nostra missione
ci rafforza,
ci fa compagnia,
mai ci abbandona.
Portiamo il perdono al mondo,
oltre che a noi stessi.

Perdoniamo il mondo,
oltre noi stessi.
Siamo solo gocce nell'oceano.
Ma infinite gocce
saranno pronte a seguirci.
E infinite gocce
costruiranno un giorno
un oceano ancora
più bello, più puro...
...illimitato.»

«Non ci posso credere!» singhiozza Perdono. «Non posso credere che quei due siano arrivati a tanto! È un sogno, anzi... è un miracolo!»

Zia Speranza annuisce convinta.

«Avevi ragione, Perdono, quando li hai scelti. La tua decisione è stata ottima! Allora... sei pronto?»

«Pronto per che cosa?» la interroga Perdono stupito.

«Per crescere!»

«No, questo non è davvero possibile...» sospira Perdono scuotendo il capo.

Zia Speranza lo osserva sospettosa. Il piccolo angelo si è improvvisamente rattristato.

«Perché no?»

«Ho fatto un patto» rivela Perdono, sottovoce.

«Un patto?»

«Sì, un patto con Dio. Ho rinunciato per sempre a crescere in cambio della salvezza dei miei due protetti.»

«Ho capito» replica zia Speranza, seria. «I patti vanno sempre rispettati.»

«Non importa» riprende la parola Perdono, facendosi coraggio. «In fondo... sono un bel bambino, vero? L'hai detto anche tu...»

«Certo! Ma adesso andiamo.»

«Dove?»

«Nel giardino di nonna Fede, c'è qualcosa che devi vedere.»

Zia Speranza e Perdono raggiungono il giardino. Nonna Fede li attende. I suoi grandi occhi azzurri accolgono il piccolo angelo, gli danno il benvenuto, il bentornato. Zia Speranza lo incoraggia a proseguire ed entrambe lo conducono per mano verso il lago.

«Sono così felice di essere qui, ma... io devo stare anche con loro, la mia missione non finisce qui. La mia missione non sarà mai finita, adesso l'ho capito. Mai. Loro hanno ancora bisogno di me... e non solo loro. Tanti, tantissimi!»

«Affacciati, piccolo angelo» sussurra zia Speranza. «Specchiati nelle acque del lago.»

Perdono scruta confuso i due angeli che ora si scostano da lui di qualche passo. Zia Speranza sorride. Nonna Fede annuisce, socchiude gli occhi e posandogli una mano sul capo lo spinge avanti dolcemente.

«Io sono...»

Una voce lo raggiunge, arriva da oltre il lago. Ma è come un sospiro dentro di lui.

"Sì Perdono, te lo sei meritato."

«Io sono... cresciuto!»

Perdono non riesce a credere ai suoi occhi. Non è più un bambino ormai. Certo, non è ancora un adulto. È un ragazzino, il suo corpo si è snellito e il suo viso è più maturo, responsabile. L'espressione dei suoi occhi ha assunto saggezza.

«Sono cresciuto... sto crescendo. È davvero un miracolo!»

Zia Speranza e nonna Fede si allontanano, lasciano solo il piccolo angelo che ormai, grazie al successo della sua impresa, non è più tanto piccolo.

Ma... chi vede ora Perdono? Chi lo saluta con la mano? L'immagine è talmente sfuggente che lui non riesce quasi ad afferrarla, a identificarla, a registrarla nella memoria. Ma è lei. Ne è sicuro. La riconosce.

«Addio Madama. E... grazie di avermi creato, di aver raccontato la mia storia. Certo, me ne hai combinate un po' troppe! E pensare che doveva essere solo un volo! Ma non importa... alla fine è andato tutto bene. E io sono anche cresciuto! Quindi non addio... arrivederci Madama!»

Perdono sospira beato. Non ne ha ancora abbastanza di osservare la sua immagine rispecchiata nel lago, le sue mani.

«La storia non è finita. Non crediate che lo sia, no, questo è solo l'inizio. C'è ancora così tanta strada da percorrere! Devo continuare a seguire i miei ragazzi e poi non si sa mai... Può succedere che un giorno...»

Perdono sorride malizioso.

«Lo so, lo so. Me lo ricordo bene... Questa non è una storia d'amore! Non so che storia sia. Qualunque, questo è solo l'inizio. Perché come tutte le altre, questa storia continuerà. Continuerà, vero?»

Continuerà. Questa storia continuerà. Il ragazzo e la ragazza, i messaggeri dell'angelo del Perdono. Si sono trovati negli angoli opposti del mondo e pur senza essersi mai visti, pur non sapendo dell'esistenza l'uno dell'altra in questa vita, si sono riconosciuti, hanno collaborato alla buona riuscita della missione. Insieme.

Ma un giorno... Sì, accadrà. Un giorno si incontreranno davvero. Lui la saluterà con un cenno del capo e lei gli sorriderà.

RINGRAZIAMENTI

Questa storia, a differenza di molte altre, ha avuto un percorso lungo e articolato che, nelle sue svariate vicissitudini, potrebbe ricordare un po' la missione del piccolo angelo del Perdono. La sua prima versione è nata intorno al 2003 per poi riaffacciarsi nuovamente e tornare in diverse occasioni. Questa pubblicazione sarà la versione definitiva, ma potrebbe riservare qualche altro tipo di sorpresa.

Non credo ci sia molto da aggiungere, la storia lascia spazio a molteplici interpretazioni e non è mia intenzione imporne una in particolare. La questione del "gioco delle vite parallele" è un tema ricorrente per me, a cui mi sento legata da tempo e che torno spesso a riproporre. Così come la storia nella storia e l'intrecciarsi dei protagonisti e delle vicende di altri libri da me scritti.

Ringrazio, come sempre, i libri e le canzoni che mi hanno accompagnata nel mio percorso di vita e nella scrittura.

Ringrazio la mia casa editrice Ghostly Whisper Ltd. e i miei correttori di bozze.

Ringrazio la mia famiglia per il sostegno costante e per l'incoraggiamento a non abbandonare mai la scrittura.

Infine, ringrazio voi, lettrici e lettori. Spero che questa storia vi abbia lasciato qualcosa, vi abbia emozionato e divertito allo stesso tempo seguendo l'evoluzione e la crescita del piccolo angelo del Perdono e degli esseri umani da lui scelti per portare a compimento la sua missione.

Grazie ancora e alla prossima storia!

Barbara Morgan legge e scrive da sempre. Predilige urban fantasy, horror, distopici e fantascienza ma si avventura spesso in altri generi. Lavora nell'ambito della scrittura, dell'editoria e della moda. Laureata in lingue e letterature straniere, specializzata in letteratura inglese, letteratura americana e letterature comparate, ha vissuto tra Inghilterra, Francia, Italia, Svizzera e Stati Uniti, per poi trasferirsi in Irlanda, dove organizza eventi culturali e book club. Traduce dall'inglese, dal francese e dallo spagnolo.

Ghostly Whisper, la Casa Editrice che ha fondato in Irlanda, è un po' la sua storia.

Website: https://www.barbara-morgan.com

Facebook: https://www.facebook.com/BarbaraMorganAuthor/

Instagram: https://www.instagram.com/barbaramorganbooks/

Twitter: https://twitter.com/BabsiMorgan

www.ingramcontent.com/pod-product-compliance
Lightning Source LLC
Chambersburg PA
CBHW031343170626
46807CB00002B/812